妊娠したら普通に産めると思ってました

流産・死産経験者　悠生と翼の母
堀井斉末
HORII Masami

文芸社

まさか自分が子どもを亡くすだなんて。

神様はどこまで私の大事なものを失わせる気なんだろう。

けれど、死にたかった私を救ってくれたのも、早くに空に帰った子どもと、生まれてきたレインボーベビーの存在でした。

もくじ

第1章　弱い母親を守ることで子どもも守られたんじゃないか

普通に生きてきた十八年。

海と山と里に囲まれ、海と空気のきれいな、電車が一時間に一本あるかないかの田舎で、平成が始まって少しの三月三日、私は生まれた。

家は少し厳格だった。というのも、祖父、父、母、姉、親戚のほとんどが、公務員なのだ。私が高校二年の冬、母はがんで亡くなったが、教育をしっかり受けさせてくれる家庭だったので高校を卒業して関西の福祉の大学でキャンパスライフを謳歌していた。

二〇一〇年七月、社会を賑わす事件が起きた。大阪二児餓死事件。ホスト遊びをした風俗嬢の母親が子ども二人を育児放棄し、亡くなった事件だ。携帯でニュースを見ると、ニュースのコメントは当然母親へのバッシングだらけだった。

「母親失格」

「そんなことするなら産むなよ」

「鬼母」

罵声罵倒が溢れる中で、一人だけ、違った視点からコメントを書いている人がいた。

「母親も確かに弱いけど、弱い母親を守ることで子どもも守られたんじゃないか」

私は目からうろこだった。

（そうだよね！　そうだよね！）今まで考えていた思考を一八〇度覆されるコメントだった。そのコメントに思わず反応してしまい、ＳＮＳ上で友達になった。

流れで会うことになった。年齢も、性別も分からない人で、内心ビビりまくっていた。怖かった。

だがどうやら、愛知に住む若い女性で、神戸に行く用事があって、ついでに大阪に寄ってくれるらしい。

その人は「さな」と名乗った。難波で会ってみたら、（化粧の濃いギャルだなぁ）というのが第一印象である。

「斉末です」

「よろしく。さあどこ行く？　もう夜だし居酒屋でも行くか」

いい意味で少し男勝りな物言いだが、見た目はギャルだ。居酒屋を探しながら話す。

「さなさん、私さなさんの考え方すごいなって思いました。みんな虐待した親のこと叩くけど、さなさんみたいに弱い母親を守ることで子どもも守られたんじゃないかって、私も思います」

「あ。あれさ、私あの風俗嬢が行ったホストクラブに偵察行ってきたんだ」

「え。どこのホストか分かったんですか」

「うん。あの母親と関わってたホストに聞いてきたけど、『知ってたら、俺一緒に子どものこと見たのに』って話す優しいホストもいたよ。ほんと見かけによらない。だから私こんなギャルみたいな格好してんの。これでも東京の大学に編入してさ。あほみたいな格好してるくせに実は賢いって、偏見持たせないために髪も明るくしてさー」

「なんか、さなさんいろいろすごすぎます……」

何から何まで衝撃的な人で、私は驚愕した。こんな個性的な人と出会ったことがない。すごいなと思ったのは、「弱い母親を守ることで子どもも守られたんじゃないか」という価値観と、報道だけを鵜呑みにせずに、しっかり自分の足で調査に行くところ。背景を考慮するその姿勢は、私もそうありたいと思った姿だった。

私は地元就職を希望していたので、福井へ帰る前に、幼い子どもが亡くなったマンションへ、そっとお菓子を供えてきた。こういう事態になる前に、私が子どもを見てあげたかったなぁ。綺麗事かもしれないけれど……。

きっとずっと田舎にいたら出会わなかっただろう人たち。それは私の人生にものすごい衝撃を与え、今も活きている。

第2章　望んだ妊娠

雪と事故と音楽と

二〇一一年二月、管理栄養士の国家試験を終え、私は福井県小浜市へ帰ってきた。就職先は、生前母が勤めていた「おおい町役場」だ。当時、町の管理栄養士が育休のため不在で、管理栄養士の試験の合否はまだ不明だが、一般採用で栄養業務を担当することが決まっていた。同時に、障がい者福祉事務も担当することになった。

こうなったのは、面接時に、

「よく行くお店に耳の聞こえない方がいて、少しだけ手話で会話をしたことがあります。福祉に興味があります」

と言ったことからかもしれないと思った。

入所してすぐに職員の前で行う新人の自己紹介では、名前、卒業大学、特技または趣味を一言ずつでいいから話してくださいとのことだった。

(趣味特技、何を言おうかなあ。書道か、バスケって言おうかな)

と、もんもんと考えていた。

同期は五人いて、私が一番最後だった。

「勝山祐一です！　京都産業大学卒業です。趣味はバスケットボール！　右も左もわかりませんが、よろしくお願いします！」

「森口裕輔です。福井大学卒業。趣味はお酒です。よろしくお願いします」

「小畑圭佑です！　大阪経済法科大学卒業。趣味は弓道です。よろしくお願いします」

「木原美里です。新潟大学卒業、趣味は書道です。よろしくお願いします」

(ええええええ、ちょ、書道もバスケも両方かぶっちゃった。どうしよう)

直前まで考えて思いついたのが、

「芝田斉未です。関西福祉科学大学卒業、趣味は手話です！　よろしくお願いします」

という自己紹介だった。

（いやもう趣味だと言えるほどのことでもない……。半分嘘じゃん……）

配属先のなごみ保健課では、趣味が手話だということが少し話題になった。手話に関心があるのは事実だが、趣味と言われると語弊がある。少しだけ、良心が痛んだ。

（あぁ、なんかもうごめんなさい……）

相変わらず学生のノリで、週末はほぼ毎週合コンがあるようなパリピの私は、公務員らしくない休日を送ることが多かった。フットワークは軽く、土日にまったりと家で過ごすようなことはほぼなかったが、二〇一一年の十二月。年末のもうすぐ仕事納めという時期に、私は家から出る気をなくすような事故を起こした。

雪が少し解けかかっていた道で、私はスリップ事故を起こしたのだ。会議に遅れそうだったので、トンネル内ではスピードを出し、トンネルを抜けるまでにスピードを緩めたつもりだったのだが、緩めきれていなかった。カーブでスリップし、ハンドルがいうことを聞かなかった。

「きゃああああああ」

ドッ———ン。田んぼを斜めに滑り、横転した。車のドアが上と下になった状態で、助手席側のドアが上にある。私はパニックを起こした。

(ガソリン漏れとかあるかな⁉ と、とりあえずエンジン切って……。これ、内側からドアを押したら開くのかな……。爆発したらどうしよう……。怖い……。まず電話……。救急車? 警察? 怪我はない! 無事だからとりあえず警察……)

「はい、警察署です。事件ですか、事故ですか」

「事故です! 単独で、車がスリップして田んぼに落ちて……」

「けがはないですか?」

「けがはないです。なぜか無傷です」

「落ち着いてくださいね。場所は分かりますか」

「小浜の西街道の……加斗のトンネル抜けたところなんですけど……」

「分かりました」

「これって、消防にも電話したほうがいいんですかね」

「消防にはこちらから知らせておきます」

「ありがとうございます」


（えっと……次になごみに電話しないと……。これじゃ今日会議行けない……）

「はい、なごみ保健課、城越です」

「すみません、あの、芝田なんですけど」

「あら、斉末ちゃん、会議よね？　どうしたー？」

「実は途中でスリップして事故に遭ってしまって……」

「え⁉」

「それで、会議行けないんです。どうしようと思って……」

「待って、ちょっと職員さんに変わるね」

電話の後ろのほうでパートの城越さんと誰か男性職員の声が聞こえる。

「今から時田さんと濱田さんと森川さんが向かってくれるから！　今どこ？」

「加斗の西街道なんですけど、トンネル抜けたところで車が横転してしまって……。ドアが上と下にあるんです。多分自分で脱出しようと思えばできるんですけど、爆発とかしないか怖くて車から出れなくてですね。警察には電話したんですけど……」

「分かったから！　動かないで待っててね！」

「はいぃぃぃ～年度末の忙しい時にすいません！」

十分もしないうちに上に見える助手席側のドアがガコッと開いた。時田さん、濱田さん、森川さんが駆けつけてくれた。

「大丈夫かぁ⁉」

「濱田さん！　ありがとうございます‼」

なんとかシートに手をかけ、よじ登って外に出る。

「本当にすいません～～～‼」

雪は降っていなかったけれど、冬真っ只中で、寒すぎた。森川さんは現場写真を撮り、私は道路の端のほうで立ち尽くしていると、救急車と消防車がサイレンを鳴らして到着した。山に囲まれた道路での事故だから、サイレンは大きく鳴り響いた。

「いやぁ～～～!!　無傷だから静かに来てぇ～～！　恥ずかしいよう」

なんて叫んでたら、救急車から降りてきたのはみきちゃんだった。私のハトコで、実家が斜め前の、小学校の時から毎日一緒に遊んでいたみきちゃん。今は救命士として活躍している。

「まぁちゃん！　あんた何しとんな～⁉」

「みきちゃん！　ごめぇん!!　スリップした!!」

「大丈夫け⁉　けがは⁉」

「それが無傷やねん。びっくり」

「とりあえず救急車乗って！」

駆けつけてくれた先輩方に心底謝罪をし、私は人生初の救急車に乗り込んだ。

「もうびっくりしたわ。なんでまぁちゃんこんなとこにおるんやろって」

「いやあもうほんま事故ったの私で、まじごめん……」

血圧などを測定されながら搬送されたが、幸い本当に無傷だった。

病院は意外にもあっさり終わった。

翌日職場では叱られ、パワフルなパリピだと言われる私でも、仕事納めのあとの年末は外へ遊びにいくエネルギーを失っていた。ベッドから起き上がれず、寝倒した数日だった。


ピコン。

まだスマートフォンではなかった私の携帯にメールが届いた。十二月三十日のこと。

「今日の夜、友達がライブするんやけど見にいかない？」

そう誘ってくれたのは、障がい者福祉事務の担当者として出席した会議で知り合った、社協に勤める陽太。私と同い年。上地雄輔みたいな顔をしている。

（全く気分じゃない……。けど本当にこの年末年始予定がないから、行こうかな）

重い腰を上げる決意をした。実際、人と会えるのは嬉しかった。

「行く！　どこであるのー？」

「かみなか亭！　夜の六時からなんやけど来れる？」

「行きます！」


久しぶりの友達からのお誘いだった。事故からすっかり気分が滅入ってしまい、一日の大半を布団の中で過ごしていたのでお誘いはありがたかった。

かみなか亭とは、隣町にある文字通り定食屋さんで、レストラン部分と和室の個室がある。和室にあるステージではゆずみたいな感じで男性二人がギターを弾いて歌っていた。観客は同世代と思われる人が多く、私の同級生もいた。仲間内でのライブというこぢんまりした雰囲気だった。そのあとはというと、観客の中の一人、つじしょーの家で飲み会の流れになった。学科は違ったものの、若狭高校の卒業生だ。卒アルで見たことがあるだけで、話したことはなかった。

「私お邪魔していいんでしょうか」

「ええんちゃう」

「これってどういうメンツなの？」

「若高（じゃっこう：若狭高校の呼称）の自動車学校組なんよ。みんな同じタイミングで車の免許とってるから」

そう教えてくれたのは高校の時のクラスメイト、こばちんと、あすかだ。

「みんな、高三の春休み？」

「そうそう」

「そっか～。私、免許よりお金欲しくてバイトしてたわ」

「へぇ～。シバ、バイトどこで？」

「私マックでバイトしてた」

そんな話をしていると、今日ライブをしてた二人が入ってきた。

「なぁなぁなぁ、俺見たことあるで。芝田さんやろ？　国語の成績一位やったやんな」

「え？　ごめんけどあなた誰？」

「堀井翔太」

「あ――――ね！　顔と名前は知ってる。けどしゃべったことないよね。何組やったっけ？　っていうかめちゃくちゃ太ったやん！　どうしたん⁉」

「俺四組やったで。社会人になってからこんなことに……」

車の免許証の証明写真はまるで犯罪者に見えることが多いものだが、社会人になって初めて会った彼は、大きな体をして証明写真でなくても犯罪者のような風貌をしていた。名前を聞くまで分からなかったのは言うまでもない。

「バンドで女性ボーカル探してるんだけど、やらない？」

「え、やろうかな。高校の時、軽音だったし。楽器できんけどいい？」

「俺も上嶋も楽器できるからボーカルだけ探してるし、いいよ」

まさか社会人になって再びバンドをするとは思わなかったけれど、休日の楽しみが増えた。カラオケは週に何回も行っていたし、音楽は好きだ。それからは毎週末、バンド仲間と集まることになった。主にギターが堀井くん。ドラムが上嶋。ベース担当が見つかるまで、はぎちゃんがやることになった。はぎちゃんも同い年で、話したことはなかったけれど若狭高校出身らしい。つくづく私は他のクラスに興味を持たなかったんだなと実感した。

京都の福知山のスタジオを借りて練習をしたりして、バンド仲間と集まる週末は音楽に染まった。

薬アレルギー

二〇一二年五月。異動にはならなかったが係が変わり、脳内多忙の毎日を送っていた。というかもうパニックになっていた。私は高校の時、文系を選んでいて、国語と英語の成績は良かったものの数学が赤点どころか一一点なんてとっちゃうほど極端な脳みその持ち主だった。文章を書くのは好きだ、昔から。バンドを始めてから作曲はできないけど作詞をするのは好きだった。

ところが、そんな完全に文系の私が会計を担当することになり、仕事は行き詰まっていた。分からないところは上司に聞けばいい。悪い人はいない、ちゃんと教えてくれる。けれど、分からなさすぎて、質問の答えが返ってきても理解できないのが目に見えていたし、そもそも何を質問したらいいのか分からなかったのだ。〝質問ができる〟というのは素晴らしい。疑問が出てくるくらい理解しているということなのだから。

年度代わりの多忙を極め終える直前に風邪をひいてしまった。けれど私は飲める薬が限られていた。アレルギーなのだ。市販の有名な解熱鎮痛剤や風邪薬を飲むと体中にぶつぶつが出て、かゆくなる。けれど少し前に試していた市販薬は、飲んでもアレルギーが出なかった。同じシリーズの薬であれば飲めるだろうと思い、仕事も休めなかったので前回とは別の薬を一か八かで飲んだ。

数時間後、悲惨だった。腕、背中、お腹、太もも、ふくらはぎに真っ赤な蕁麻疹が出て、かゆみに苦しんでいた。

課長に背中を見てもらうと「うわっ！」と声を荒らげられた。

「病院行っておいで、今すぐ！」

「でも今日、会計締切なんです！　一時間も無駄にできないです」

泣きそうになりながら訴えたものの、課長の指示に従うことになった。

役場近くのクリニックへ駆け込んだが、ほんの数十分ですら仕事が気になって落ち着けない。点滴で症状をやわらげたあとはすぐに役場へ戻った。

なんとか会計書類を提出し、翌日は休んだ。


どの成分がだめなんだろう。アレルギーがなくて少しでも薬で症状が和らいだら、仕事ができたのに、薬が飲めないなんて。


週末の夜はやけくそだった。いつものバンドメンバーでのカラオケ、休めばよかったのに、また薬を飲んで歌いまくって遊んでいた。自分をわざと傷つけたくなる衝動というか。しんどいのに労われないのだ。

やっぱり蕁麻疹が出てきた。かゆい。

「やっぱりアレルギー出てきたし病院行くわ。もう夜中やし、救急で行ってくる」

だるさと疲労感を抱え、カラオケを抜け出し病院へ向かい、再び点滴を受けた。

「はぁ。しんどいなぁ……」

（仕事も分からんし、失敗ばっかりやし、でもまた来週から行かないと……）

点滴を終え、時間は夜中二時を回っていた。病院を出ると堀井くんが玄関外のベンチに座っていた。

「え？　どうしたの？」

「いや、心配で、ついてきた」

「そうなの。なんかありがとう」

（え？　なんで？　なんでついてくるの？　こわっ）

心配してついてきてくれたのに、あまり喜んでない表情が彼に伝わったかもしれない。

（え……っと、どうしよう。帰っていいのかな。来てくれたのにすぐ帰らせるとか申し訳ないかなぁ）

申し訳なさが勝ち、堀井くんの車内で話すことになった。私はもう寝そうなのを耐えていた。

「アレルギーどう？」

「んー。だいぶ落ち着いたよ。ほんま薬あかんわぁ」

「まだ疲れてそうだね」

「いやもうほんまに最近疲れててさ」

この時話した彼と結婚して生きていくとは思わなかった。

反対された結婚

二〇一二年の秋。バンドメンバーの堀井くんと付き合うようになって、すでに五か月以上が経とうとしていた。

六月に告白され、付き合うことになった。というか、なぜか断れなかった。昨年末からバンド練習で毎週会うようになったけれど、当初は中学の時の何倍も太っていた彼を直視できていなかった。しかし、気がつけば彼は半年で三〇キロ瘦せていた。仕事のストレスと、姫路から毎週二時間半かけて帰ってくる間に車内で歌う練習をしてだいぶカロリーを消費したらしい。

自然と、（この人との子どもできても嫌じゃないな……）と思うようになっていた。この頃から、堀井くんはバンドの中でリーダーのような存在だったので、私は「ぱぱ」「ぱぱん」と呼んで、今に至っている。

付き合い始めたのは二十三歳で、周りは、この頃から付き合いだした人と結婚していく。私はというと……。二十四歳の誕生日にプロポーズされていた。

前述の通り、我が家は公務員家系で、結婚相手には次のことが求められた。

・公務員であること

・長男じゃないこと

堀井くんは会社員である。そして長男（弟がいる）。芝田家の条件を何一つクリアしていない。社会人になって、彼氏がいることは父には伝えていなかった。

公務員至上主義の厳格な家庭の雰囲気は私に合わず、中学の時は家出を繰り返した。大学生になって親から離れて、人生バラ色だと思った。社会人になっても家を出たかったのは変わらない。それでも出られなかったのは、経済的な理由から。地方公務員は決して高給取りではない。通勤手当を入れても、手取り一六万円ほどだ。バイトを二つかけもちしていた学生の頃と同じくらい。一人暮らしをしたら、家賃、スマホ代、光熱水費、ガソリン代であっという間になくなる。貯金もできない。スマホ代が払えなくなったら、仕事もままならない。〝お金がない〟ことだけが実家を出ない理由だった。

だが二〇一三年の大晦日に、父から、

「公務員と結婚しろよ。それがお前の幸せや」

と言われたことから、ドタドタと家を出て、仕事始めの一月六日まで、私はぱぱのアパートから帰らなかった。仕事始めの日の朝五時頃に帰ったけれど、帰りたくて帰ったわけじゃない。仕事用の服がなかったから取りに戻っただけだ。

廊下で父に見つかると、

「もう出てけ！」

と言われた！

「その言葉待ってましたあぁぁ！！！」

鬱だった年末年始、私は人と会話をしてこなかったのだが、久しぶりに心の底から喜んで、歓喜の叫びをあげた！　旅行かばんにできるだけ着替えを詰め込んだが、仕事着と私服など、全部は入りきらなかった。できるだけ詰め込んだあとは、

「荷物だけまた取りにくるわ！　さよなら！」

私は親から捨てられたかった。私も親を捨てたかった。ずっとずっと、私はただの反抗期で、実際家を出たら出たで後悔するんだろう。そう思って実家住まいだった。けれど、「出てけ」と言われて喜んだ。一人暮らしができるような給料ではない。けれど、もういい。心がしんどい。お金がなくて貧しくて餓死しても、もういい。その日

は定時で仕事を終わらせ、すぐに不動産屋へ駆け込んだ。

「すいません、家ないんです！　とにかく安くて早く住めるところ教えてください」

そう駆け込んでできるだけ早く住めるアパートを紹介してもらい、その日は友人に事情を説明して泊まらせてもらった。それからしばらくは友人宅を転々とし、お世話になった。本当に助けられた。

一月二十四日に不動産屋から電話が入り、翌二十五日から入居可能になった。でも金曜日だったので、二十六日に引っ越すことにした。一人で地道に物を移動させるつもりが、その時泊まらせてくれていた同級生の千明ちゃんや、ぱぱの弟とその彼女も、当たり前のように手伝ってくれた。全部一人でやるつもりだったのに、当たり前のように手伝うことができる人はすごいなと思った。お米やラップ、調味料などを提供してくれた友人もいた。本当に救われた。職場にはタオルの生産地の愛媛に実家があるパートさんがいて、バスタオルもくれた。ぱぱのご両親が電子レンジを買ってくれた。しかも、数万円はしそうな良さげなやつ。

私の都合で家を出たのに、当然のように助けてくれる他人がいて、世間とは優しいものなのかも？　と思った。世間なんか、もっと厳しく冷たいものだと思っていた。家族より、外の人のほうがはるかに優しい。助けてくれる。『困ったときに助けてくれるのは血のつながった親戚や』と豪語され育ったのに、血縁者は意外にも助けてくれず、味方してくれず、冷たい。衣食住の保障はあったけれど、認めてもらったり励まされたことは少なかった。

小さな窓一つの六畳ほどのワンルームで、私の一人暮らしが始まった。電気代はとことん抑える。必要な時だけ電源を入れ、それ以外はコンセントから抜いた。冷暖房は使わない。着る毛布で寒い福井の冬を乗り切った。できるだけアパートにいないように、近くの本屋さんで閉店ぎりぎりまで過ごした。スマホ代だけは確保しなければ。

料理の時は、できるだけ早く火が通るように細かいみじん切りで。電気代も食費も五〇〇〇円以内に抑えた。スーパーで見切り品をあさり、おかず一品だけを作って空腹を凌いだ。おかずが作れなかった日は、みかん一個やチーズ一かけが昼食だったりもした。昼休憩に何も食べてないと職場で目につくから、食べたふりをしていた。

極貧生活を送って気づいたのは、たまねぎは万能ということと、焼き肉のたれがあれば生きていけるということ。元々肉付きがいいのでぽっちゃりが普通になった程度だったけれど、急激な体重減少に、やはり体はびっくりしていたみたいで、仕事中、立ち上がろうとした際にクラーッときた。目の前が真っ暗になった。倒れる寸前だった。完全に栄養失調だ。栄養士のくせに、と思うけど、栄養管理をするにもお金がいる。そのお金がないんだ。なんとか足で踏ん張り倒れなかったものの、視界が落ち着くのに数分かかったことを覚えている。「お金がなくて食べられない」なんて周りに言えない。そんなこと言ったら実家に帰れと言われそうだ。実家に帰るくらいなら貧乏でいい。もう餓死するつもりで結婚しよう。


「ねぇぱぱ、もうさ、親に認められんでいいから、入籍日決めませんか」

いつも通りの二月の週末、ぱぱは姫路から帰ってきていて、私の狭いアパートにいた。

「いいよ。いつにする？」

「なんか私さ、昔から二十四歳で結婚して子どもを産むって思ってたんよね。根拠はないんだけど。もう二十四なんやけど。どうしよう」

「うーん」

「二十四歳のうちにってことで、三月二日はいかがでしょう？」

「そうしよ。まぁできるだけ認めてもらえるように説得するとして、認めてもらえなくても三月に入籍ってことで」

「は〜い。婚姻届の証人欄は？　あれさ、二十歳超えてたら友達でも誰でもいいらしいよ。職場の先輩が言ってた。親に書いてもらえなかったら友達にサインしてもらおうか」

「でさ、俺親父さんと二人で話してくるから。飯行ってくる」

「え!?　二人で？　私は？」

「お前おったら感情丸出しで話が進まんから来るな」

「え――――」

（愛想のないぱぱが父と二人で会食？　大丈夫なのか。怖すぎる）

「ちなみにいつ？」

「次の土曜日」

「どこで？」

「松永の藤屋？ってとこ」

「あぁ、昔法事で行ったことあるわ。カレー屋さんの近くやんな」

「そうそう」

市内の山のほうに建つ、両家の顔合わせや法事などかしこまった行事ごとで使うような、日常使いには敷居の高い、小さな宿だ。すぐそばに国宝である明通寺《みょうつうじ》がある。

（軽く居酒屋とかじゃないんだ……。いちいち重いなぁ）

「緊張する？」

「全然」

「すご……」

会食のことを聞いてから、ぱぱより私のほうが憂鬱だったことは間違いない。会食の当日、私はそわそわして、アパートで過ごせず、いつも過ごしている本屋で立ち読みをして店内をうろうろしながら時間をつぶしていた。「終わったから今から帰る」って連絡がいつ入るか、こまめに携帯チェックをしていた。漫画を読んでも楽しめない。緊張、不安、ネガティブな感情が渦巻いて気持ちが悪い。二時間ほどで会食終了のお知らせが届き、私はすぐにアパートに戻った。ぱぱも帰ってきた。私の心配をよそに、ぱぱはとてもしれっとしている。元々感情の起伏がそんなにない人なので、特別すっきりした感じでもないが、イラついたり疲れた表情はなかった。

「ど、どうでした……？」

積極的に聞けないおどおどした声で私は問う。返事を聞くのも怖い。

「え、普通やったで。普通に話して終わり」

「きついこと言われたりしてない？」

「別に。普通」

「どうしたらあの人と普通に話せるの？」

私は娘だから、イライラしてしまう。怒鳴り散らして物に当たる。十五分同じ空間にいるだけで、争いが生じる。会話ができない。その後、ぱぱは再び会食をし、両家顔合わせまで話をもっていってくれた。本当に、私はいないほうが話は進む。相手を怒らせず、傷つけず、対応する。ぱぱの力量が謎だ。もしかしてこの人はすごいのかもしれない。

三月二日に入籍予定だったけれど、身内に不幸があり、二十四歳のうちに結婚するのは諦めた。ぱぱは八月四日に二十六歳になる。それで、お互いが二十五歳の最後の日に入籍した。八月三日だ。少しでも早く結婚したいというあがきだった。

誕生日と誕生日と命日

二〇一四年十一月初旬、仕事から帰宅したぱぱがお風呂の排水溝を掃除中に、こっそり妊娠検査薬を使用した。生理予定日ぴったりくらいに、陽性反応が出た。

「ぱぱ！　赤ちゃんできた！」

「え⁉」

実はこの二日後に私はカンボジア旅行が決まっていた。翌日に産婦人科を受診し、子宮が大きくなっているのを確認した。

初めての妊娠で、どきどきと少しの緊張が混ざったままカンボジアへ。アンコールワットなどを観光しながら、周りに人のいないところでは小さな声でお腹の中の子に話しかけて、人のいるところでは心の中で話しかけていた。

（赤ちゃん、ここはカンボジアですよ）

自分の体の中に小さな分身がいて、一緒に旅行ができていることが嬉しかった。

幸い旅行中は何事もなく、帰国してから数日後に再び産婦人科へ。そして人生初のエコー写真をもらう。この時はまだ、胎嚢の確認だけ。赤ちゃんは見えない週数だった。

十一月下旬に、トイレに行くと生理の多い日のような出血をした。

（妊娠中って普通出血するんかな？）

いいことなのか悪いことなのか分からず、クリニックへ電話をしたところ、すぐに向かうことになった。


ショーツを脱いで内診台に座るよう促された。

「ナプキンしてるんですけど、どうしたらいいですか」

「ナプキンするぐらい量多いの？　もうこれ流産だよ」

と医師から言われ、呑気な私はこの時に初めてしっかりした不安を持った。

「え！　やだ！」

ショックで泣きそうになりながらエコーを見る。

赤ちゃんは生きてる！　そしてこの日から入院になった。突然の入院で、仕事の引き継ぎも何一つできず、迷惑をかけてしまうことをひたすら心配していた。

入院してから十日後くらいの十二月初旬。

こまめな内診のおかげで赤ちゃんの成長が細かく分かる。受精卵からスタートした赤ちゃんは豆粒のような形から、ピーナッツのような形になり、かえるのような形になり、頭も確認できるようになってきた。

この頃は検索魔になっていて、〝妊娠七週　大きさ〟とか〝妊娠九週　大きさ〟なんて調べていた。

出血が止まり退院が決まっても、すぐに出血して退院が延びる……。そんな繰り返し。結局二週間ほど入院し、退院。つわり真っ最中に、やっと母子手帳をもらいに行った。

退院しておよそ一週間後に、プレママ講座に参加した。しかし、そのあとまた出血……。再び入院が決まる。

繰り返す出血は低置胎盤が原因らしい。低置胎盤による出血とつわりによる嘔吐で退院のめどが立たない。毎日の点滴で血管硬くなっちゃって、もう入んないよ。

先生が巡回に来てくれた十二月二十一日の午後二時頃。少し話したあと、先生が病室を出た一分後くらいに、一瞬でベッドが汚れるくらい出血したのが分かった。急いでトイレでショーツを下げて便座に座るまでにボタボタと血が流れて、今まで何回も出血はあったけれど、(今度こそもう赤ちゃんだめかも)と思った。まだ小さくても、数センチのかえるみたいな我が子でも、もうだめだと思うと奈落の底に突き落とされた気分。

泣いた。ただただ泣いた。怖くて怖くて。

(私のことなんてどうなってもいいから、この子だけは助けて！)

って、本気で思った。

どんなに小さな我が子でも、自分の命より大事な子だと思った。

出血したけれど、赤ちゃんはなんとかしがみついていてくれた。母ちゃんより、赤ちゃんのほうが強かった。

(トラブル続きだけど、元気に生まれてきてくれたら全部報われると思うの。頑張ってほしい)

そう願うしかなかった。

つわりによる嘔吐の回数も多く、辛くなかったわけではないけれど、それでもつわりがあることに安心していた。つわりがあるってことは赤ちゃんは大丈夫ってことだよねと、気分が悪いことも安心材料になっていた。

ひたすら安静にし、起き上がることもベッドの上で座ることも禁止され、上司の時田さんや、同僚のえりかちゃんやよねちゃんがお見舞いに来てくれても、寝たまま会話をする。申し訳ない。

また入院の日が続く。

切迫流産で入院して初めて知ったこと。

つわりのせいで雪の降る冬なのにガリガリ君しか食べられなかったし、嘔吐もひどかったけれど、それ以外自覚する変化は特にないのに、ひたすら安静にゴロゴロしている生活。ぱぱや義親に何もかもをしてもらった。良心が痛むけれど、それが私の母親としての仕事だった。

クリスマスは病院で過ごし、年末年始は自宅での外泊許可が下りた。もちろん動いてはいけないので、家事もすべてぱぱや義母まかせ。お正月が過ぎ、再び入院生活が始まる。ひたすら携帯をいじり、漫画を読み、トイレ以外は寝て過ごす。慣れとは恐ろしいもので、そんな生活にも苦痛を感じなくなってくる。ただ、点滴を打ちながらの寝返りは腕の角度にすごく気を遣う。それがちょっとしたストレスだった。

一月末まで病院や自宅で安静に過ごし、いよいよ二月から仕事復帰の許可が下りる。最初の一週間は半日だけ出勤し、安静ばかりだった生活から少しずつ慣れさせていく、リハビリのような毎日だった。

重いものを持ってはいけないので気をつけなければならなかったものの、買い物にも行けるようになり、人並みの日常生活に戻りつつあった。

日付が変わった二月二十八日の夜中に二回、お腹が痛くて目が覚めた。用を済ますとすーーっと痛みはなくなるので、再び就寝する。二十八日には実家で法事があった。少しお腹の張りを感じつつも、妊娠前から便秘などでお腹が張ることは珍しくなかったので、あまり気にせずまったり過ごした。法事の間にトイレで用を済ますと、便器の中に小指の先くらいの大きさの白い塊が数個落ちている。(前にトイレをした人のごみかな?)と思い、何も考えずスルーした。その後、再びトイレへ行くとまた小指の先くらいの大きさの白い塊が。少し赤い線もある。(もしかしてこれは私から出ているのか? これはおりものの塊なのか? 体に残っていたのが出てきたのかも)不思議に思った私は親戚の看護師に相談した。

「なんか白い塊出るんやけど、何なんやろ?」

「白い塊って、どんな?」

「んー、小指の先っちょくらいの白いの」

「なんやろ? 一応病院電話してみたら?」

「うーん、そうしようかな」

念のため電話で病院に相談することにした。痛みや出血はないし、続くようなら明日病院に来てくださいとのこと。

お寺で法要を済ませたあと、親戚と食事会を終え、帰宅。夜七時半頃、トイレへ行くと昼は白い塊だったものが赤い塊になった。

（これはまた入院だ……）と落ち込みながらも病院へ電話を入れ、入院準備をしてすぐに向かった。夜だったため時間外用玄関から入ろうとしたのだけれど、玄関を前にしてお腹が痛くなり、少し動けなくなる。

「あいたたたた。なんやねんもう」

ゆっくりゆっくり待合室へ行く。

内診台に乗って診てもらう。

「先生、性別は～？」

「それどころじゃない！」

と、怒られた。険しい顔をしながら、

「待合室にいる旦那さんを呼んできて」

と言われたので、しぶしぶ廊下に出る。

「ぱぱも来てって」

二人でいすに腰掛けるとすぐに、先生は口を開く。

「陣痛が来てる。お腹が張ってる」

「え?」

理解ができなかった。

「もう子宮口が全開で、赤ちゃんを包んでいる袋が見えかかってる。初めに痛みがあったのは何時?」

「夜中の一時と二時くらい。でもトイレしたら痛みが引いたから、普通に法事に行ってました」

時計を見てすぐに計算した先生は、

「十八時間経ってるね。もうこの間に生まれててもおかしくなかった」

なんて言う。

思考停止とはこういうことを言うんだろうか。

(まだ六か月なのに……陣痛って来るの? 助からないの? 全開って何?)

思わぬ宣告に、涙を我慢することはできなかった。

こんなことになるなんて考えてもいなかった。何が妊娠の「正常」なのかも分からないから、とにかくあまり動きすぎない、重いものは持たないとかは気をつけていたけれど、これ以上どうすればいいのかも分からなかった。

まだ二十週……。今、赤ちゃんが出てきても、助からない命。

赤ちゃんは三十四週頃から肺機能が完成する。それまでは臍帯を通して母体から酸素や栄養をもらう。しかし肺呼吸のできない赤ちゃんが母体から出てきても、生きていくことはできないのだ。

そこから二十四時間点滴、腰への注射。

入院生活には慣れていたけれど、今度は危機感が違いすぎる。

ただただ、（これ以上子宮口が開かないで）（まだ出てきちゃだめ）って、ずっとずっと祈っていた。

不定期にお腹が痛くなる。どんどん痛くなる。

「看護師さん、もっと薬強くできないんですか」

点滴チェックに来た看護師さんに尋ねてみた。

「堀井さん、これがお薬マックスなのよ。これ以上強くしたら堀井さんの体がもたない」

陣痛止めの薬も強くしてもらったけど、副作用で私の脈拍がどえらいことになっていた。心臓がバクバクと、常に緊張していたかんじだ。

副作用なんか頑張って耐えるから、薬はもっともっと強くしてほしかった。でも私が死んだら赤ちゃんも死んじゃう。祈るしかできないまま、時間が経った。

三月一日だろうか。回診に来た先生によると、「あと一か月もってくれれば、大きな病院へ搬送して助かるかもしれない。でも、もうもたないと思う」とのことだった。

――絶望だった。まだお腹の中にいれば生存できる赤ちゃん。

（出てこないでよ……。もっとお腹の中にいて……）

そんな中でも、まだうちの子は大丈夫って思っていた。早すぎる出産に、障がいを持って生まれてくるかもしれない。ずっとつきっきりで介護となると、フルタイムの今の仕事は辞めないといけないかもしれないけど、まずは生きてさえいてくれれば……なんて考えていた。

祈りや願いとは裏腹に、陣痛はピークを迎えていた。

あと何十回この痛みが来るのかと気が遠くなりそうだった。

痛みが来るたびに、私はぱぱの親指を全力で握っていた。ぱぱは何をしていたかと

いうと、ずっと携帯をいじっていた。私の脳内には、

(この大変な時に、なに携帯ばっかいじっとん……⁉　信じられへん)

という怒りもあったのだが、陣痛の痛みがピークで、何も言う気にはなれなかった。

ぱぱへの不満を言う気力はなかったけれど、痛みが来るたびに叫びまくっていて、

「痛いぃぃぃいー！！！！」「助けてぇぇぇぇー！！！！」って、ジェットコースターに乗っている時みたいに、小さな個室で叫んだ。


ついに痛すぎて動けなくて、ナースコールも押せなくて、ひたすら叫ぶ。


三月三日の朝方、力強い胎動も感じた。いきみかたも分からないままいきんでしまって、看護師さんに、もう出てきそうなことを伝えると、

「まだいきんだらあかん！」

怒鳴られながらナプキンの中を確認してもらうと、逆子だった赤ちゃんの足が出て

きて、回復室というところにいた私は、

「もう無理、ここで産む！」

と思わず叫び、

「まだ動ける！！！」

って、看護師さんにヤンキーのようにキレられた。

（ほんまぶん殴ったろか、この看護師……とか思ったのは内緒）

看護師さん二人に抱えられ、分娩室に移動し、分娩台に上がって、一回いきむとどぅるんって出てきた。


ぱぱは、泣いていた。

いつもは冷静で感情の起伏のないぱぱでさえも、この時は泣いていた。

私はというと、泣いていなかった。

二〇一五年三月三日火曜日午前四時三十五分。

妊娠六か月。二十週と六日。

三八五グラムの、小さな可愛い男の子。

看護師さんが赤ちゃんを綺麗にしてくれて、ぱぱが「抱っこできますか」って聞いてくれたおかげで、抱っこができたよ。

死産した事実より、私は我が子を抱っこできて嬉しくて、すぐに「また来てね」って言った。それが第一声。

朝になり、ぱぱが、

「死産届を市役所に出してくるから。今先生が書いてくれてるみたいだから」

と言った。私はこの時初めて聞いたのだ。「死産」という言葉を。

「私は『死産』したんだ……」

重い言葉がのしかかった。

朝八時を過ぎてから、入院中お見舞いに来てくれていた友人や伯母たちに報告する。

まずはみきちゃん。私がスリップ事故を起こした時に救急車から降りてきたみきちゃん。

「もしもし？」

（こんな時間から電話、出てくれるかなぁ）

「もしもし！　まぁちゃんおはよう！　どうした？」

「みきちゃん、今電話大丈夫？」

「ちょうど今仕事終わりで。ちょっと待ってね」

消防署の建物から出られるまでだったのかな。ほんの十秒ほどだけ待った。

「はいはい！　お待たせ！　どうした!?」

「あのね、赤ちゃんあかんかったんやぁ」

正直どんな声で伝えたらいいのか分からなかった。

「え⁉　そんなんめっちゃいやなんやけどぉ……」

みきちゃんがすぐに泣いてくれたの、涙声になったの、すぐに分かったよ。

「それで、火葬とかするらしい」

「まぁちゃん、お花とか持ってっていい？」

「うん。ありがとう」


次は、お見舞いに来てくれたことのある私の母親の姉、つまり伯母の洋子ちゃんに知らせないと。電話をかけると、

「洋子ちゃん、おはよう。今電話大丈夫？」

「もしもし、まぁちゃん誕生日おめでとう！」

死産だったことを報告する前に言われて初めて気づいたけれど、その日は私の二十六歳の誕生日だったのだ。

こんな不幸なことがあるもんか。まさか自分の誕生日に息子を亡くすだなんて。

十六歳の時に母と死別した一月七日は、母を産んだ祖母の誕生日なのだ。息子が出てきた今日は、私の誕生日。

自分の誕生日に我が子を亡くすこの呪いは今でも意味が分からない。

数人への報告終了後、しばらくしてぱぱが戻ってきた。

翌日の火葬が決まった。今日死産して、明日火葬。十二週以降の流産は火葬することも初めて知った（地域により埋葬のところもあるかもしれません）。

一晩。大切な一晩だ。

火葬が終わればもう二度と、この子と会うことはできない。

「写真、撮らんでええか？」

と提案してくれたのは義母だ。そのような発想はなかったので、その提案は本当にありがたかった。この一言が、のちに私を支えてくれるものとなる。


大切な我が子と過ごす貴重な時間。

顔を見て、似合いそうな名前を付けた。

悠生《ゆうき》。


「悠」は「悠久」の悠。

「想う」「はるか」「果てしなく長く続くこと」って意味があって、記憶の中で果てしなく生きるよう願いを込めて。


写真はいっぱい撮った。手形、足形を残し、できるだけ抱っこして過ごした。

皮膚が薄いので水分が蒸発しやすく、ドライアイスと共に寝かせられていた悠生。

大人の体温のほうが高いから、赤ちゃんを抱っこしたいだけ抱っこできたわけではないけれど、できる限り抱っこして、眺めて、手や足を観察して。

「なんか、顔、私に似てるね。でもこの発達したふくらはぎはパパ似じゃない？」

そんな話を笑いながらするんだけど、義母が買ってきてくれた新生児サイズのベビー服は、袖も足の部分もすべてがぶかぶかだったのが少し切ない。

いつもならお腹の中にいた悠生に実況中継をしていた。

「今日のごはん何にしよっかな〜」

「今からごはん食べるよ〜」

「お風呂あったかいね〜」

とか、話しかけながらお腹を触っていた。

病室で、ぱぱが買ってきてくれた焼きそばを食べようと、「焼きそば食べよっか〜」なんて言葉が出てきそうになって、もう私が食べたものがこの子に届くことはないいんだと思い知らされる。私の横にいる冷たくなった我が子を見て、寂しくなった。もう一心同体ではないのだ。

お腹を撫でることも、話しかけることも意味を成さない今、我が子が生きていないことを思い知らされる。

「なぁ、やりたいことあるんやけど」

ぱぱがやりたいことを自ら言うなんて珍しい。

「なに？」

「三人で写真撮ろう」

「いいね。撮ろう」

家族三人で過ごした、本当にかけがえのない時間だ。この時間は、二度と取り戻せない。

私はストレスで眠れないタイプではないので、こんなことがあっても夜になると眠気はくる。それが嫌だった。たった一晩しか一緒にはいられないのに、寝ている時間ほど無駄なものはない。寝たらあっという間に時間は過ぎ、朝になってしまう。

睡眠導入剤を処方された。しっかり寝て、見送ってあげようって。

いつもならイエスマンの私でも、この時だけは反抗した。絶対飲みたくない。我が子が目の前にいる貴重な時間、記憶があるままで過ごしたい。火葬とか、全部が終わったらちゃんと飲むから。この時は、看護師さんと喧嘩になりそうだったけれど、二度と戻らない今を後悔だけはしたくなかった。なんとか睡眠導入剤は飲まずに過ごしたけど、それでも四時間ほど寝てしまっていた。徹夜はできなかった。

朝になり、火葬の時間が迫る。

大人用とは違う、小さな棺。こんな小さなサイズがあることもこの時初めて知った。ちゃんと「小さい子用」があることが嬉しかったのを覚えている。

この棺の中に我が子を入れてしまえば、もう、二度と抱っこができない。それが嫌で嫌でたまらなくて、なかなか棺の中に入れることはできなくて。でも時間だけが迫っていた。私が渋っているとみきちゃんがお花を持って、来てくれた。

「ごめん……まだ（棺に）入れてなくて……」

そんな言葉しか出てこなかった。

やっとの思いで我が子を小さな棺の中に入れた。

義親や友人がくれたおもちゃと、ミルクと、パパとママの写真、お花。それからバースデーカード。小さな棺は殺風景な物ではなくなった。

この時も、義母は写真の提案をしてくれる。それを聞いた祖母の、

「（写真なんか）撮るんやろか」

という声も聞こえた。まるで信じられないというような反応だった。

メンタルやられっぱなしの私に、

「まぁちゃんの好きなようにやったらいい」

って力強く言ってくれたのはみきちゃんだった。今でもありがとうとしか思えない。

小さな棺を抱え、外来患者の目のつかない廊下を通り、火葬場へ向かう。

私の住んでいる地域の火葬場はとても古い。

結婚して他県の親戚のお葬式に行って初めて知ったことだが、ほとんどの火葬場はボタンひとつで着火する。

私の住んでいる地域では、火葬炉の裏へ回り、血縁者など関係の濃い者から順に火を点けた新聞紙を火葬炉の中へ投げ込むのだ。そのやり方は母の火葬のときから知っていた。母の時は、私はまだ十六歳で、泣きじゃくりながら、

「やだああああ‼　まだ生き返るかもしれんやんか‼　うわあああああん」
と泣き叫ぶしかできなかった。

それを今度は我が子を葬るために行うのだ。あのえぐさや怖さを覚えていて、私の心臓は鳴る。

棺に入った息子の最期の姿。
目に焼き付けて一生忘れたくなかったのだけれど、泣いてばっかりで涙で何も見えなくて、ただただ息子の名前を呼び続けた。
（ママを置いていかないで！　私、お母さんもいないの。子どもまで失いたくない！　ママを置いていかないで！　いかないで！）

ぱぱも涙が溢れていた。ぱぱが気を失いそうな私の体を支えてくれていた。けれどここで倒れるわけにはいかなかった。本当にこれが最期になるから、絶対見届けたかった。そして、息子を空に帰した。

小さな体。骨が残るか分からず、あまり期待はしていなかった。けれどありがたいことに、小さくやわらかい骨が拾えたのだ。嬉しかった。私にとって大切な、小さなかけらになった。

陣痛中、ずっと携帯を触っていたぱぱが見せてくれたものがある。私の職場の同期や同僚、友達、幼馴染に連絡を取っていてくれたのだ。こっそりグループラインを作り、一人一人から応援メッセージを書いた画像をもらって、生まれるまでに編集して私に見せようとしていてくれたらしい。それが完成する前に赤ちゃんは出てきてしまったけれど、後からそれを知って、この人をパートナーとして選んで本当によかったと思った。（陣痛中はめちゃくちゃムカついていたけどね）

陣痛真っ最中の時に、義母が、二十週で受け入れてくれる病院を探してくれていた。大阪にそれが見つかったらしく、先生にかけあってくれていたことをのちに知った。なんとか先生もその病院と連携し、救急車の手配をしてくれていたのだけど、間に合わなかった。ちょうど悠生の足が出てきた頃だった。

身近な人が私と赤ちゃんのために動いてくれていた。気持ちがありがたかった。

死産後は八週間の休暇がある。ありがたいことに、ぱぱの会社は理解してくれて、二週間休んでくれていた。何をするでもないけれど、そばにいてくれた。

それからは、死産する前と同じように生きることはもうできなかった。

街を歩けば妊婦や赤ちゃんがやたら目につく。

別にこの街の赤ちゃんがいきなり増えたわけじゃない。私が今まで特別なものとして気にしていなかっただけだ。

スーパーに行けば小さな子ども用のおやつがやたら目につく。

赤ちゃんや子どもを連想させるものが街に溢れている。子ども用のおやつを見るだけで涙が出てくる。

テレビで流れるおむつのＣＭに映る可愛い赤ちゃん。子どもと過ごす未来を絶たれた親にとっては、もう見れたものじゃない。

虐待のニュース。亡くしたくなかったのに亡くしてしまう人がいる一方で、子どもを殺す親もいる。欲しくてもできない人がいる一方で、望まない妊娠だからと中絶する人もいる。望まないなら、コンドームやピル、リング、卵管結紮《けっさつ》など作らない方法がいろいろあるのに、それらをせずに嘆く人がいる。いらないなら、それは叶うのに。

世の中本当に理不尽で不公平だ。

死産でも、私にとっては可愛い赤ちゃん

その頃女性が多い私の職場は妊娠ラッシュで、同年代の友人にも妊娠した人が多かった。その中でどうして私だけが死産したんだろう。なんで私だったんだろう。みんな、死産とか経験しないの？　ほかの人じゃだめだったの？
「あの人死産したらしいよ。残念だったね。かわいそう。想像しただけで泣けてくる」
そう言える他人事であってほしかった。当事者になんてなりたくてなったわけじゃない。同情するだけの人は楽でいいよね。「想像しただけで泣けてくる」だなんて、所詮想像でしかないじゃないか。本当に亡くしたわけじゃない。

亡くしたのは子どもだけではなかった。社会との関わり方も変わってしまった。

死産でも、私にとっては可愛い赤ちゃんで、髪の毛は生えていないのに眉毛は生えていたりとか、私に似て上唇が薄いところとか、本当に可愛くて。生きて生まれてきた赤ちゃんと同じように、「生まれました！」ってSNSで報告して、我が子をいろんな人に見てほしかった。「逆子で足から出てきてさ」とか、「陣痛ほんま痛い！　すぐに出る下痢をずっと我慢させられてるかんじやった！」とか、お産の時こんなんだったよ～って、普通に話題にしたかった。

私の可愛い赤ちゃん、いっぱい自慢したかった。

けれど叩きのめされるようなことがあった。

死産後は、買い物など日常生活を取り戻しつつあったけれど、気持ちは沈んでいたままだった。そんな時に、私の第二のふるさと大阪で、占いのイベントがあると友人から教えてもらった。私は占いも好きなので、気分転換になるかもしれないと行ってみた。サロンの中の一室のイベントで、生年月日などを言ったと思う。そして自分の誕生日に死産したことも言った。すると、その占い師は、

「死産した我が子のことを忘れろとは言わんけど、想うな」と。目の前が真っ暗になった。
「『想うな』って何」「『想うな』って何」「『想うな』って何」って脳内無限ループで、我が子のことを想うのがだめなら死んだほうがマシだって思った。今にも泣きそうだったけれど、必死に耐えた。必死に心を殺した。

親である私が我が子のことを想わなかったら、いったい誰が私の子のことを想ってくれるんだろう。

ほかの人なら許されることが、私は許されなかった、赤ちゃんの話。私にとっては可愛い我が子なのに。いっぱい自慢したいのに。

それからは、この上ない地獄だった。イライラして友人のギターをぶん投げた。死ねば子どもに会えるかもしれないと期待して、コードで首を絞めて死のうとした。何回もチャレンジしたけれど、結局は死ねなかったのだ。ぱぱがコードと私を引きはがした。

我が子への愛情が許されなかったことが何より辛かった。

ただでさえ子どもを失って言葉で表せないほどの悲しみを味わったのに、さらには子どもへの愛情も制限され、周りを不快にさせないように気を配らなくてはいけないのだ。同情だけされ、理解してくれる人はおらず、それでも何も感じないように心を麻痺させることもできなかった。

（ほかの子が亡くなればよかったのに。みんな一回くらい子どもを失えばいいのに）

とさえ思っていた。

そんな中で嬉しかったこともある。

悠生の写真を見たえりかちゃんが「赤ちゃん可愛すぎる」と言ってくれたこと。

火葬が終わったあと隣の家に住む五歳年下のいくみが病院に来て、遺骨箱を前に、私以上に泣いてくれたこと。

一緒に勤務するパートさんも、トイレでこっそり泣いたらしい。

退院後、大きなお花を持って家に来てくれた同期のちかが、悠生の仏壇を見て「あれが悠生くん」って旦那さんに紹介してくれたこと。

親である私たち以外にも泣いてくれた人がいること。そして何より、悠生のことを可愛いって言ってくれたり、存在を認めてくれたこと。それが本当に嬉しかった。

妊娠ラッシュの中で私だけ赤ちゃんだめだったから。

私だけたくさんの人に赤ちゃん見てもらえなかったから。

でも本当は生きて生まれてきた赤ちゃんと同じように接してほしかったし、「おめでとう」「かわいいなあ」って言われたかったし、「母子ともに健康です」って言いたかった。

母子ともに健康だと言えることは、どれだけありがたく幸せなことなのだろう。

みんな死産した我が子の話に触れてくれないし、周りの視線が赤ちゃんの話をさせてくれないし、普通に話したいのにそうはさせてくれない周囲の態度や、腫れ物に触るような目のほうがよっぽど辛くて。

私だって我が子を可愛いって言いたかった。

死産後の通院にて、思い切って「私みたいな人が集まれるところないんですか？」と尋ねてみたものの、返事はノーだった。孤独だった。

産後八週間が経ち、仕事復帰をする。

正直、憂鬱で嫌で仕方なかった。突然の入院で引き継ぎもできないまま休職したこと。一度だけ復帰できたけれど、また突然産休に入ったこと。

復帰一日目、どんな顔して出勤したらいいんだろうって、ずっとずっと考えて。買い物に行ったり人と話せば笑ったりは普通にできたから、今まで通り元気に……？

いや、でも仕事も迷惑をかけておいて元気に出勤していいのだろうか。死産しておいて明るくいるのはだめなんだろうかとか。正直どんな顔をしていたのか自分では全然分からない。職員玄関からそっと入ると、先輩の芝田さんが「おかえり～」って言ってくれた。とがっていた気持ちが和らいだ。

私は挙式後すぐに妊娠、入院になっていたので、職場からいただいたご祝儀のお返しができていなかった。お返しを届けにいくと、先輩の紙谷さんも「おかえり～」って迎えてくれたのだ。ハグしてもらったことも覚えている。

私もどんな顔して行ったらいいか分からなかったけど、立場が逆で私が子どもを亡

郵便はがき

料金受取人払郵便

新宿局承認

2524

差出有効期間
2025年3月
31日まで
(切手不要)

160-8791

141

東京都新宿区新宿1－10－1

(株)文芸社

愛読者カード係 行

ふりがな お名前			明治 大正 昭和 平成 年生 歳	
ふりがな ご住所	□□□-□□□□			性別 男・女
お電話 番号	(書籍ご注文の際に必要です)	ご職業		
E-mail				
ご購読雑誌(複数可)		ご購読新聞 新聞		

最近読んでおもしろかった本や今後、とりあげてほしいテーマをお教えください。

ご自分の研究成果や経験、お考え等を出版してみたいというお気持ちはありますか。

ある ない 内容・テーマ( )

現在完成した作品をお持ちですか。

ある ない ジャンル・原稿量( )

書　名				
お買上 書　店	都道 府県	市区 郡	書店名	書店
			ご購入日	年　　月　　日

本書をどこでお知りになりましたか?

1.書店店頭　2.知人にすすめられて　3.インターネット(サイト名　　　　　　　　)

4.DMハガキ　5.広告、記事を見て(新聞、雑誌名　　　　　　　　)

上の質問に関連して、ご購入の決め手となったのは?

1.タイトル　2.著者　3.内容　4.カバーデザイン　5.帯

その他ご自由にお書きください。

(　　　　　　　　　　　　　　　　　　　　　　　　)

本書についてのご意見、ご感想をお聞かせください。

①内容について

②カバー、タイトル、帯について

弊社Webサイトからもご意見、ご感想をお寄せいただけます。

ご協力ありがとうございました。

※お寄せいただいたご意見、ご感想は新聞広告等で匿名にて使わせていただくことがあります。

※お客様の個人情報は、小社からの連絡のみに使用します。社外に提供することは一切ありません。

■書籍のご注文は、お近くの書店または、ブックサービス(0120-29-9625)、セブンネットショッピング(http://7net.omni7.jp/)にお申し込み下さい。

くした親を迎える立場だったら、何て言ったらいいのか分からなかったと思う。そんな時に聞く「おかえり～」って言葉は本当に人の心を和らげるなあと思った。

それからは、何か悲しいことがあって少し会えなかった人には、「おかえり」って言うようにしている。

悠生との約束

時は少し戻り、これは仕事復帰前のこと。

死産した二〇一五年三月三日から、およそ二週間後の三月十八日から十九日にかけて、悠生が夢に出てきた。

火葬するまでの夢だ。病院からお寺へ行ってて、私は悠生のことを抱っこしながら悠生としゃべっていた。悠生は冷たかった。本当に死んだんじゃないかと思って話しかけるたびに、目を覚ましてくれる。

「今生きてるのに、なんで火葬しなくちゃいけないの？　このままじゃだめなの？」

そう私が聞くと、悠生は、

「今生まれても健康で長くは生きられないから。だから空に帰る」

と言った。

「また戻ってきてくれる？」

「うん」

「ほんとにほんとに、また戻って来てくれる？」

「うん」

「じゃあ永遠の別れじゃなくてちょっと戻るだけだね。またねー！」

そして私は空に手を振っていた。

人は、起きたら夢なんて忘れてしまう。でもこの夢だけは忘れたくなくて、起きてすぐに手帳に書き記してある。絶対に忘れない。

第3章　死産後の妊活

妊娠したいのにセックスが辛い

結局のところ、私が死産した原因は……分からなかった。子宮口が開いた理由。決定できるものはないけれど、子宮頸管無力症か、あるいは感染。きっと感染かなあ。

情報社会なので時間さえあれば検索魔になる。

〝二十週　死産　原因〟〝二十週　子宮口　開く〟とか。そんなことばっかり検索していると、同じように流産や死産、新生児死亡を経験された方の体験談の本にたどり着いた。

身近なところに死産した人がいなくて、なんで私だけって思ってたこと。みんな死産しないんですか？　って思ってたこと。亡くなった赤ちゃんのことも楽しく話したいこと。本には私の気持ちが代弁してあった。この地域では孤独だったけど、本を読んだら、孤独じゃなくなったの。私だけじゃないって分かったから。

死産後はどういう気持ちだったかというと、私の場合、すぐにでも妊娠したかった。また妊娠をやりなおしたかった。私の精神状態を考慮してなのか分からないけれど、一回生理が来たら、再び妊活に励んでいいとのことだった。

一回目の生理が来ることさえ待ち遠しかった。

幸い一か月半後くらいに生理が来て、タイミングだけは逃さないようにした。すぐに戻ってきてほしかった。けれどできなかった。

（妊娠なんて、そんなすぐできるものではないだろう。半年できなかったら病院に行ってみよう）

前はそう思っていても、一か月目でできたのに、すぐにでも欲しい今、全然できない。


いつもなら、お互いにムードがあって、子どもよりも相手を求めたセックスだったけど、妊娠に執着したセックスは義務的なものになる。それがストレスで性欲はなくなっていく。けれど、日を決めて、行為に及ぶ。虚しかった。

チャンスは一か月の中でも限られているので、タイミングを逃すわけにはいかない。それなのに、仕事で疲れて帰ってきたぱぱがタイミングをとらずに寝てしまうこともあった。

私はそれが許せなかった。

「(男の)あんたには分からん!」

と、八つ当たりしたこともある。今となっては相手の気持ちを無視した自己中な八つ当たりだったと思う。けれど、その時に相手を思いやる余裕なんかない。寝てしまった日の翌朝に、(今からでも間に合うかも……)と、必死でむりやり行為をすることもあった。

毎日カレンダーとにらめっこをして、生理予定日は何日か、排卵は何日か、基礎体温の様子はどうかと、妊活のことばっかりが頭の中を占める。

昼休みに妊活のことを調べて、妊活にいいと言われることはいろいろチャレンジした。こんにゃく湿布、ウォーキングやなわとびなどの軽い運動、マカ、精子を元気にするにはビタミン・ミネラルだとクリニックで聞いたので、野菜たっぷりメニュー。

毎月期待して、毎月生理が来て、毎月泣く。

「まただめだった。また一か月頑張らないといけない。先が見えない。治療してできる保証もない。お金をかけてできる保証もない。辛い……。体外受精をしていたら、産む頃には育てるお金がなくなるな」

毎月生理が来るたびに、「お前は母親になる資格はないんだよ」と、母親免許の取得に不合格になった気分だった。

死産の時も、すぐに出そうな下痢をずっと我慢させられるような激痛で、痛みに耐えきれずにいきんでしまった。子どもがまだ生まれずに、お腹の中に留まらせておければ死なななかったのに、痛みに耐えきれずに産んでしまった私は、子どものためにどんな痛みも我慢できるような親にはなれなかった。親だからってどんな痛みにも耐えられるわけじゃない。私はそうだった。だから私のところに赤ちゃん来てくれないのかも。

「妊娠できない」「赤ちゃんが来ない」。その事実は、自分の自信を失くすのに十分な理由だった。

一方で、テレビでは児童虐待のニュースも流れる。どうしてそんな人のところに赤ちゃんが来るのに私には来ないんだろう。私はそれ以下の人間かよ。ぱぱは父親業が向いているのに、絶対いいぱぱになれるのに、ぱぱを本当のぱぱにしてあげることもできない。ぱぱは昔から家事能力が高く、幼い頃から四つ下の弟の世話もしていたため、おむつ替えや沐浴、ミルク作りなどお手の物なのである。

ほとんどタイミングを逃したことはないけれど、妊娠するのは簡単じゃなかった。

星に願いを

二〇一五年十二月十八日、家から徒歩圏内の場所で職場の忘年会があったので、帰りは歩いて帰った。日付が変わって十九日の午前一時前、家まであと一〇メートルほどのところを歩いている時、山のほうで星が流れた。

私の住む地域は海と山と里のある田舎で、空は暗い。星がよく見える。だから流れ星が見えることは珍しくなかった。けれどいつも見る流れ星は一瞬で消える。三回願いごとを唱えることなど、不可能なのだ。

しかしこの時は違った。「あ、流れ星」と気づいてからも、ずっとずっと流れているのだ。

「すぐ消えるかな」

………。

「えっ。まだ流れるの?」

一つの流れ星が流れ続ける。

「赤ちゃんできますように、赤ちゃんできますように、赤ちゃんできますように」

願いごとを声に出して三回唱えたあとも流れていた。生まれて初めて、流れ星に三回願いごとを唱えることができた。

それは二〇一五年十二月のお話。

けれど年をまたいでも赤ちゃんが来ることはなかった。生理不順のない私。生理が遅れることもなかった。

たった一年。たかが一年。けれど、強く妊娠を希望する私にとって、一年でも辛かった。半年でも心が折れそうだった。

もう赤ちゃん来ないんだ、私のところには。もう諦めよう。これで終わりにしよう。赤ちゃんなんかこっちから断る。もう避妊する。心機一転、仕事人間になろう。死産してから一年後の三月。これで妊娠してなかったら諦める。そう思って低用量ピルを用意した。

もう今月からピルを飲むんだ。お守りみたいに持っていた。

そうして過ごした三月末頃。生理予定日を気にするのをやめた。あえて把握はしないで過ごした。

月末も近づき、期待してないけど一応検査しとこう。

こっそり妊娠検査薬を使用した。

陽性反応が出た。

えっ。

約束守って生まれてくるよ

妊娠した。すぐにぱぱに報告した。

これで大喜び……！　とはならなかった。

一度でも流産や死産を経験された方なら分かると思う。

ずっとずっと不安がつきまとう。ぬか喜びになることが怖かった。

（また同じことになるかもしれない）

安定期と呼ばれる時期に入ってからの死産を経験し、産むまで何があるか分からないことを知った。今度は初期流産かもしれない。また同じ時期にだめになるかもしれない。予定日近くなって赤ちゃんが心臓を止めてしまったらどうしよう……。不安はずっとつきまとった。

とりあえずは、死産だった二十週は超えたい。

つわりはすぐに始まったものの、前回とは違い初期に出血はなかった。

胎嚢確認、心拍確認、初期を過ぎ、十三週、十五週、十七週……もうすぐ二十週。待望の妊娠なのに、その間、ぱぱはお腹を触ったり撫でたりしてくれることはなかった。少し寂しかった。別にいいけど。

前回死産したのが私の誕生日だったので、今度はぱぱの誕生日に何かあったらどうしよう。何か防げないかな、と思って通っていた整体の先生から紹介してもらった気功の先生に会いに行った。

占いやスピリチュアルや胎内記憶といった話が大好きで、早速先生に前に死産した悠生のことを見てもらおうとしたけれど、悠生の意思が拾えないとのことだった。そ

して私のお腹を指差して、

「あ、そこ」

「え？」

「約束守って戻ってきた。この子は約束守って生まれてくるよ」

私に風が吹くような衝撃が走った。だって私は悠生が夢に出てきて約束したことなど先生には何一つ伝えていない。私は、この子は生まれてくると信じた。

切迫早産

通っていたのは地元の小さなクリニックだったので、前回の死産のこともあるから、念のため隣接する滋賀県の滋賀医大でも診察を受けることになった。

車で一時間半以上かかる距離だったので、仕事も一日休まなければならず、トラブルがないのに通うのは結構きついところもあった。

何度か通う。二十三週に入ってからの八月十日の診察を予約したが、診察日の二日前に夢を見た。

なぜか私の子宮口はトイレットペーパーの芯のようになっていて、

「覗いたら赤ちゃん出かかってたから押し戻しといたわ〜」

なんてぱぱに報告する、なんともおかしな夢。その夢を見た翌日に予約した滋賀医大から電話がかかってきた。異常所見もないので、別にわざわざ滋賀まで来なくていいですよという電話だった。しかし、その病院では二十三週以降に性別を教えてくれるので楽しみだったことや、仕事も休みをとっていたこと、夢を見たせいで少しだけ不安になっていたこともあって、むりやり診察の予約を入れ病院へ向かったのだった。

ところが、診察を受けると、驚くべきことを言われた。

「頸管が短いのと、妊娠糖尿病で、今から入院です」

「え？　着替えの準備とかしてない……」

十日ほど前には三〇ミリ以上あった子宮頸管が、八月十日には一一ミリになっていた。まだ二十三週なのに、子宮口がもう少しで開きそうになっていた。

診察を終え、廊下で待ってもらっていた義母のもとへ。

「今から入院になったぁ」

「あら！」

義母には一旦帰ってもらい、翌日パジャマなどの入院グッズを持ってきてもらうことになった。

むりやりだったけれど、この日滋賀まで来てよかったと思った。地元での次の検診を待っていたら、もう赤ちゃんは出てきていたと思うから。

入院が決まってからは、病室までの移動も車いすだった。入院した部屋はＭＦＩＣＵ（母体胎児集中治療室）。母親や胎児に治療が必要な場合や、注意深く見ていく必要がある場合に入院する病棟だった。

妊婦の絶対安静ってすごいらしいと聞いたことがあるけれど、今後まさか自分がそうなることになろうとは。

お腹の張りがなければシャワーもしてよかったし、トイレも行けた。また二十四時間点滴が始まる。常に点滴していると何かと動きにくい。寝返りも気を遣ってスムーズにはできない。そして話し相手もいない、ただ横になるだけの退屈な毎日なのだ。生まれるまで。

生まれてくるであろう赤ちゃんの名前を考えながら過ごした。

流産や死産のあとに生まれてくるベビーのことを、「レインボーベビー」というらしい。

〈レインボーベビーとは？〉
不幸にして流産や死産、または新生児や乳児のうちに亡くなってしまった赤ちゃんの後に生まれた赤ちゃんのことをいいます。

悲しみの中にいるパパママの元に訪れてくれた赤ちゃんは、まるで、嵐の後の美しい虹のような、物事がよい方向へ向かう希望を与えてくれる存在という意味を込めて付けられたそうです。

また、嵐の後の虹だからこそ、より感謝の気持ちが生まれるというパパママの想いも含まれているそう。

「流産の後に生まれた天使「レインボーベビー」のママに向けた詩に涙」
Conobie　二〇一五年十月三十一日公開　https://conobie.jp/article/3982?ref=cquote

この子はレインボーベビーだ。「虹」か、または「虹」を連想する漢字を使うことにした。

入院して十日ほど経った頃、特に食欲不振になることのない私が、なぜか昼食がのどを通らなかった。原因は分からない。食事が摂れないから食後の薬が飲めない。それをぱぱとラインでやりとりし、とりあえずは看護師さんに話すことにした。ちょっと早い時間だけど先に診察してもらうことになった。

診察すると、まだ二十五週だったけれど、胎胞（赤ちゃんを包んでいる袋）が見えかかっていた。もしもの時に備えてＮＩＣＵのある病院を選んでいたけれど、

「堀井さん、この病院のＮＩＣＵに空きがないので今からこの週数で受け入れてくれる病院を探してすぐに救急搬送しますね。ドクターも一緒に救急車に乗ります」

ということだった。

（また赤ちゃんが出かかっている……。私、また死産するのかな……。一回だけじゃなくて二回も……？）

ドクターの横で泣いていると、

「まだ泣く時じゃない！」

って怒られた。泣いたらお腹が張るから、泣いちゃだめらしい。恐怖と不安で出てくる涙を必死にこらえようと思ったら、感情を殺すしかなかった。無になる。そうするしか子どもを守る方法はなかった。

転院先は京都に決まった。

そこからは座ることもできず、救急隊員にストレッチャーに乗せられ、救急車で運ばれる。

また死産したらどうしよう……。もう死にたい……。二回も子どもを失えば、自殺も許されるかな……。どうやって死のうか。ＯＤ《オーバードーズ》は失敗して死に損ねたら地獄だ。

リスカで死ねるかな。首吊りか、飛び降りるか……。地元で屋上に行けて高さのあるところってどこだ……（田舎なのでそもそも高い建物が少ない）。

死んだら会える。お母さんにも、悠生にも。この子にも。

絶望して死ぬんじゃない。
死んだら会えるかもしれないと期待して、死ぬの。

私ばっかり、母も亡くし子どもも亡くし、私ばっかりが失う。
まだ親も生きていて、流産や死産を経験したことない人だっているのに。
なんで私ばっかり。

救急搬送されながら考えたのは、「これからどう生きるか」ではなくて「どう死ぬか」だった。

京都での入院先は周産期母子医療センターだった。トイレのための移動も禁止になり、カテーテルを入れられる。かろうじて大の時だけトイレへ行ってもよかった。カテーテルが入っている違和感で寝返りが打ちにくい。気持ち悪い。

便意がしばらくなかったので、ベッドから降りることは三日間なかった。三日ぶりの便意。ベッドから降りて、立ってみる。

三日間歩かなかったせいで、歩き方が分からない。

足が前に出ない。歩くって、どうやって？

個室の数メートル先のトイレまで歩くのに、五分以上かかったと思う。

スムーズに歩けば五歩くらいの距離が、果てしなかった。

転院してから数日経ったある日、看護師さんから、もし次に妊婦さんが搬送されてきたら、個室から大部屋に移ることを告げられた。実際、数日後に大部屋に移動になった。ハイリスク妊娠の女性の多さに、驚いた。闘う妊婦が思った以上にいたのだ。

感染予防でカテーテルが一週間で交換になる。新しいカテーテルを入れられるのが嫌で、私は駄々をこねた。するとトイレをベッドの上ですることになった。洗面器のようなもの（自分からは見えないので実際どういったものか曖昧）を用意され、股のところにそれを置き、用をたす音がしないようにトイレットペーパーを当ててもらう。この時個室から大部屋に移動していたので、そのやり方も苦痛だったが、次第に慣れていった。

トイレ（大）のとき以外は立つことも座ることもしゃがむこともできなくなった。妊婦の絶対安静とは本当に厳しい。

ごはんのとき、ベッドのリクライニングを立てていいとは言われていたけれど、私の子宮口は絶対にすぐ開くと思って、ドクターが言う以上に自分で制限をかけた。ごはんも、スープも、歯磨きも、うがいも、何もかも寝ながらだった。寝ながらスープを飲むときは横向きで。常に点滴をしているため腕も動かしにくく、飲みづらさは半端なかった。

何もすることがないので入院のお供は漫画になる。ワンピースを一巻から読み始める。旅行かばんは漫画収納に変わったが、自分で起きてしゃがんで取ることもできないから、五冊ほど看護師さんに取ってもらい、読み終わればしまってもらう。そして続きを取ってもらって……の繰り返しだった。

週に一度のシャンプーは、ストレッチャーで移動し、看護師さんがしてくれる。

私の腕の血管はなかなか点滴の針が通らないらしく、漏れて腫れることもあり、何回も刺し直し、そこら中痕だらけになった。

私の意思を確認しながらベビー用品を用意してくれた義親にはとても感謝している。

しかたのないことだが、長期入院になってしまった私は、自分の足でお店に行って、悩んで、考えて、自分でベビー用品を選んであげられなかった。

選んであげたかった。

誰かのために何かを選んであげられるって実は幸せなんだなって感じた。

三十週を過ぎてからだろうか。絶対安静の状態から、少しずつ体力を戻すリハビリが始まる。

個室内の洗面台で洗顔をすることが可能になったり、歯磨きの許可が下りたり、トイレ（小）がベッド上でなくトイレでできるようになったり、座って食事をしてもよくなったりした。三十二週頃から、下半身シャワーの許可が下りる。三十三週に入り、全身シャワーの許可が下りる。


全身シャワーをした日の夜、一度だけお腹が痛くなった。

翌朝、不定期にお腹が痛くなった。トイレに行くものの、出ない。

お昼前にも痛くなり、下すような痛みはあるのに下さない。


「もしかして……」

そこで初めて陣痛を疑う。陣痛アプリをとると十分間隔になっていた。

看護師さんに伝え内診すると子宮口は四センチ開いていた。陣痛が来たら病院へ向かうようぱぱには伝えてあったが、なんせ車で二時間弱かかるところだ。お産につながる痛みのため、早めにぱぱへ連絡する。

陣痛室をすっとばし分娩室へ。張り止めの点滴をしていても八センチ子宮口は開き、三十三週なので点滴は外し、もう産むことになった。

今回は、生きたこの子に会える！

助産師さんがつきっきりでいてくれる。悠生のときは一人で耐えていたから、安心感が半端ない。

「カルテ見たけど、小浜から来てるんだって？」

明るく落ち着いて話すおそらくベテランの助産師さん。

「数年前に、お魚売ってる市場に行ったことあるわ」

「わかります！　多分港のところですよね」

「そうそうそう！」

「うち、そこまで歩いて五分くらいです。近いんですよ」

「そうなのぉ。その海の近くにさ、魚の美味しいお店があってね」

「〝ごえん〟ですかね」

「なんかすんごい明るくて気前良くてさばさばしたおばちゃんおったわ。海沿いでね」

「多分〝ごえん〟です。信号の角っこのとこの店ですよね」

陣痛の合間にこんなたわいもない話をして、なんて余裕があったのかと思う。

「いたたたたた！（陣痛）キター！」

「んんんんんん！！！！」

陣痛の波に合わせていきむ。

「上手上手！　赤ちゃんの頭、ほとんど見えてるよー！」

「あと何回ですか？」

「んーあと三回かな？」

「頑張るー！」

NICU

午後一時にぱぱに連絡して、四時前に生まれた。ぱぱは渋滞に巻き込まれ、まだ着いていなかった。

私の真横では新生児科の先生たちが五人ほど準備しつつ待機していてくれた。それだけで、安心できた。

肺機能の完成は三十四週だと言われている。

十二月が予定日だったが十月に三十三週で生まれた我が家のレインボーベビーの産声は、かろうじて聞こえるものの虫のような小さな声だった。無事（?）生まれた安堵感と、二か月以上の絶対安静からやっと解放される安堵感から、息子には、

「頑張ったねえ……」

と声をかけるだけで精一杯だった。

息子は、呼吸器やチューブをつけられ、ＮＩＣＵへ運ばれた。

産後すぐに移動になった一般病棟で、私は風邪をひいた。

余談だが、産後に病院内にあるコンビニへ行った。二か月以上病室から出なかったので、コンビニがとってもキラキラして、何でも揃っている宝石箱に見えた。

親が退院しても、赤ちゃんがＮＩＣＵにいるということで、親がしなければならないことは多い。

未熟児養育医療の申請と、三時間毎に搾乳し、冷凍した母乳を病院に届けることなど。

我が家から病院までは車で二時間弱かかる。毎日お見舞いに行けないわけではないが、移動時間が長い分搾乳ができなくなる。

できるだけ我が家から近いＮＩＣＵのある病院へ転院できないか、打診した。未熟児養育医療の申請には保険証が必要なのだが、出生届がまだ提出できていないため保険証が作れず、申請そのものができていなかった。そんな中、思ったよりすんなり子どもの転院が決まったのだ。

家から車で二時間弱の病院から、一時間弱の病院へ転院できることになった。しかし大きな不安があった。今いる病院の支払い請求が怖かったのだ。未熟児養育医療の申請ができていない状態で、支払いがどうなるのか。一回払って後から返還されるのか、本当に払わなくていいのか。ＮＩＣＵの医療費はとても高額で、十日ほどの入院で二〇〇万円前後だった気がする（これは三十三週で生まれた我が子の請求額で、もっと高度な治療が必要になると一か月で一〇〇〇万円を超える）。これを一旦支払うのはとてもじゃないができなかった。

国の制度に本当に感謝した。命を助けるのに二〇〇万円や一〇〇〇万円は安いくらいだろう。それでも私には払えない。税金で助けられていると、本当に感謝した。私が今まで納めてきた税金も、きっとこんなふうに使われているのだ。

産後風邪をひき、体が燃えているような状態で、私は退院した日の翌日から、急遽休暇に入り迷惑をかけた職場への挨拶、出生届の提出、日常の家事や買い物、合間の搾乳などをこなさなければならなかった。

未熟児養育医療の申請に必要な書類や書類の書き方を尋ねに担当課へ足を運んだが、体が燃えるように熱く、せっかく説明してもらっているのに何も頭に入ってこなかった。お金のこと、ＮＩＣＵにいる子どもの容態、母乳の出が悪いことなど不安だらけな中、ついに泣いてしまった。

気持ちが限界だった。

いつ子どもの容態が変わるか分からない恐怖、いつ病院から電話がかかってくるか分からない不安で、携帯電話をマナーモードにすることはできなかった。この場に赤ちゃんがいない状態で、搾乳をしなければならないことも負担になっていて、母性を刺激できるようにＮＩＣＵにいる我が子の泣いている動画を見ながら搾乳していた。

早産とはいえ、産んでもなお「いつ亡くなるか分からない」と思っていて、ストレスから海沿いに車を停めてひとりで声をあげて泣いて過ごしたこともある。

結局のところ、転院前の病院の支払いもどうにかなり、子どもも我が家から近いところへ転院し、日常生活と、搾乳、お見舞いの毎日になった。

一か月と少しＮＩＣＵで過ごした赤ちゃんは、退院する日に二九九九グラムになった。

これから、未知の子育てが始まる。入院中の今以上に大変になるんだろうと思っていた。でも実際は違った。いつでも抱っこができる。この場ですぐに授乳ができる。今までが辛すぎた。しんどさは格段に違った。

息子も、実は何の異常の疑いもなく健康に成長したわけではなかった。早産児には珍しくないのだが、〝くる病〟だった。くる病とは、カルシウムを吸収、維持する働きを持つビタミンDの不足が原因といわれ、弱い骨ができてしまう病気のことだ。かといって見た目には分からず、数値上だけの問題だった。

もう一つは、聞こえの問題。

聴力検査で、ある一定の音だけ脳の反応がなく、聞こえに何か問題があるかもしれないとのことだった。

「一定の音だけ」ということは、全く聞こえていないわけではない。けれど産後の母親にとって、我が子に健康でない部分があるというだけで、不安を覚えるには十分だった。聞こえないかもしれない。私たち夫婦は趣味でバンドをやっていたし、いつか子どもとカラオケしたり、セッションしたりしたいという願望を抱えていた。それなのに耳に異常あり……。なんで私たちの子どもが……。耳が聞こえないならどうやって言葉を教えるの？　もしかしたら普通の学校には行けないかもしれない。ぱぱにどう伝えようか悩んで考えて、車で一時間弱の距離を普通に運転できる気がしなくて、病院を出てすぐ近くのコンビニに車を停めて号泣した。

まだ「決定」ではない。けれど、子どもに健康で生まれて育ってほしいなんて、万人の親の願いのはず。

今思えば、一定の音だけ聞こえないかもなんて大した問題じゃないかもしれないけれど、それを言われた親にとって「まだ疑いだから」といった言葉で励まされるとか軽くすむ問題じゃないんだと思った。今までの私なら「まだ疑いなんやし、はっきり分からんし気にせんでいいでしょ」と、いろんな人に言っていたと思う。私はめちゃくちゃ無神経だったと反省した。例えば「がんの疑い」とか「子宮全摘かもしれない」とか、「決定」じゃなくても、「可能性がある」と言われるだけで、誰にだって不安は残る。

結局のところ、検査の時に息子が寝すぎていただけで異常はなかったのだけれど、「疑いあり」というだけで母親を追い詰めることもあるんだと知った。

それでもその「疑いあり」という結果を伝えなければならない立場の方や、伝えないといけない家族の方もいるだろう。言われた親の気持ちに寄り添える人になりたいと思った。

子どもがＮＩＣＵに入院中、赤ちゃんをとりあげてくれた助産師さんと話していた「ごえん」へご飯をしに行った。ハスキーボイスで明るい女将さんと子どもの人数の話になった。

「子どもは死産だった子一人と、今ＮＩＣＵに入院している子が一人います。だから子どもは一人というか二人というか……」

「それはカウントしたらんなんね《してあげないとね》」

初めて会った人が当たり前のようにそう言ってくれて、本当に嬉しかった。

子どもの数を周りにどう伝えるか、流産や死産を経験したママなら悩むところだと思う。

打算とか、計算とか、戦略とか、相手を喜ばせようとした言葉じゃなくて、本心でポロッと話してくれた言葉だからこそ、女将さんの言葉がすごく嬉しかったことを覚えている。

言った本人が覚えていないような言葉で嬉しくなる。心からの言葉だと思うから。

そうして生まれた息子はもう七歳になった。保育園の時は、友達やお客さんにはよく「また（うちに）来て」と言っていた。この「また来て」は、よくよく考えると私が悠生にかけた第一声と同じだと気づいた。

悠生がまた来ると約束した夢を見たのは二〇一五年三月十八日、十九日。それから治療、妊活をし、妊娠が分かったのは二〇一六年三月末。計算では、排卵日は三月八日だった。着床するのにおよそ十日かかるとすると（※諸説あり）、三月十八日頃に受精・着床である。

運命に鳥肌がたった。約束をした夢の日からちょうど一年後に赤ちゃんがやってきたのだ。

この子が無事生まれてきたことで、私は自死を選ばずに生きている。私が子どもに守られている。

息子が悠生の生まれ変わりで、私が話しかけた第一声を覚えていたらいいな、なんて考えている。

胎内記憶や中間生記憶を話してほしいってずっと思っているのだが、それはなかなか話してくれない。

第4章　天使の母　想い共に

フライング妊娠 ―翼―

育休を終え、二〇一八年七月に仕事復帰をした。もう一人子どもが欲しいと思っていたので、復帰から三か月くらい経つ十月から妊活をしようと思っていた。一人目は、避妊をやめてからすぐにできた。二人目は、死産後治療が始まってから、タイミングは逃していないのに一年かかった。妊娠とは本当に一回一回独立したもので、一人目がすぐできたから次もすぐにできるとは限らない。逆も然りだ。一人目がなかなかできなくても、二人目はすぐにできることもある。

（すぐできるかなぁ。半年くらいかかるかもしれないなぁ）

治療経験もあって、排卵期などの知識は十分にあった。九月の行為は、排卵が終わって数日経っていたはず、だった。十月中旬が生理予定日だったけれど、下旬になっても来ないので、可能性は低いだろうと思いつつ検査薬を使うと、まさかの陽性だった。

「あらー。排卵終わってからしたのになぁ。なんかできちゃった」

悠生だって、一発命中だった。私は本当は妊娠しやすいのかもしれない。望まない妊娠ではない。来月から子作りする予定だったけれど、ベビーは、少しフライングでやってきた！　嬉しかった。

（無事に生まれるかな。流産しないかな。大丈夫かな）

死産したクリニックでは近々産科医が一線を退くということなので、今度は小浜市内にある総合病院に決めた。というか、私の住む小浜市を含めた嶺南地域では、近隣の五つの市町の中でお産のできる病院がもうそこしかないのだ。選択肢がない。産むところがない、田舎の実情だ。

病院で検査した十月下旬。久しぶりにお股を広げて座る診察台に、羞恥心で緊張した。（乙女かよ！）なんて心の中でツッコんでいた。

器具を触る金属音のカチャカチャした音がする。

「堀井さん」

「はい」

「ここ、心拍は一応あるんだけどね」

（一応？　一応ってなんだろう？）

この病院ではベテランの女医が、カーテンをめくりエコーを指しながら話してくれる。

「ジョミャクなのよ」

「ジョミャク？」

専門用語に弱い私。（徐脈、かな？）漢字を当てはめた。

「心臓、動いてはいるんだけど、とてもゆっくりなの」

「はぁ。それってどうなんですか？」

まただ。いいのか悪いのか、よくあることなのか異常なのか。知識がないから分からないやつ。

「うーん、七週相当なので排卵がずれてたりしたら分からないんだけど。今心臓ができたてほやほやで、これから良くなっていくか、悪いほうに向かうか、なんとも言えない」

うーん、喜べず、悲しめず、また微妙な感情を抱く。

「また一週間後に来てもらえる?」

「はい」

会計を待っている時からお決まりの検索魔を発症した。

〝心拍確認　いつから〟〝心拍確認　徐脈〟。

流産になるかもしれない。覚悟は少しできていた。妊娠したからといって必ずしも生まれてくるとは限らないことを、十分すぎるほど理解していたから。

一週間後に予約を入れ、再診で来院したのだけれど、数日前に風邪をひいてしまった。風邪そのものは軽く、咳がこほこほと出るだけなものの、喘息が出てしんどかった。二〇一二年に職場でアレルギーが出ていたので、医師にアレルギーについて尋ねてみた。〝検査〟ではなく消去法だけれど、ある市販薬のシリーズの一つではアレルギーが出ず、同じシリーズのほかの薬でアレルギーが出た。それらの薬に含まれる成分をアレルギー科のドクターが見てくれて、おそらく〝アセトアミノフェン〟がアレルギー物質だろうと教えてくれた。子どもでも妊娠中でも飲めて、人間にとって一番安全と言われる〝アセトアミノフェン〟のアレルギーは、厄介だった。

アセトアミノフェンがアレルゲンだということをベテランの先生にも信じてもらえなかったくらいだ。消去法でなくてしっかり血液検査をしましょうと、この産婦人科受診が終わったら検査へ行く流れが決まっていた。

診察台に座り、静かな時間が流れる。

「堀井さん」

お、赤ちゃん生きてるね、というポジティブな声じゃないのが分かった。

「流産ですか？」

「うん。そうだね」

「……そうですか」

涙ぐんでしまった。二十週に比べたら、十分、よくある話だ。それは分かっている。けれどとても小さな小さな形でも、流産と言われると、この目でリアルに赤ちゃんを見たわけじゃなくても、曖昧ながらも悲しさが残る。

「手術したいんだけれど、堀井さん、今喘息でしょう。手術ができないから、喘息が治まるまで待ちましょうか。その間に赤ちゃん出てくるかもしれないし」

「はい」

「一応二週間後に予約入れておくわね」

「お願いします」

「もし出てきたら、トイレで流さずに、出てきたものをラップに包んで持ってきて。ティッシュは繊維がつくからだめよ」

「はい」

産婦人科を出て血液検査をする外来検査室の前のソファに腰かけた。呼ばれるのを待っている間に、持っていた予約票に一つ、静かに涙が落ちる。大人だし、悠生のときみたいに声を荒げるわけじゃないけれど。

（こんなに小さくても、可愛くて、悲しいんだ）

覚悟はできていたけれど、涙は出てくるんだね。

二週間以内に赤ちゃんが出てくるか、二週間後に手術をするか、どっちでもいいから流れに任せようと、フラットに日常を過ごした。

一週間ほど経つと、腰がどんどん重くなってきた。とても重い生理痛がやってきたかんじ。トイレへ行くと、ボコッと生理の特に多い日以上の出血があった。空気が出たのか、赤ちゃんのかけらなのか分からない。念のためラップに包まないといけないのだけれど、私は動けなくなった。このトイレは自動洗浄なのだ。便座から立ってラップを取りに行っている間に、間違いなく流されてしまう。

「どうしようどうしよう」

この日は十一月二十四日の土曜日の午後二時頃で、ぱぱは仕事でいなかった。夕方には帰ってくるだろうけど、それまでここに何時間も座っていられるか。無理だ。

「どうしよう。自動洗浄止められないのかな」

パニックになりながら、解決策を考えた。大や小のボタンやビデのボタンのところに自動洗浄を停止する何かがないか探したけれど、機械オンチな私は何も分からない。

（水道詳しい人、誰か、誰か、誰か……）

「あっ！　たんぽー、水道屋さんやん……」

たんぽーは、高校を卒業してから、地元のバーで知り合い、仲良くなった同い年の友達。背が高くてバスケをしている。結婚前にぱぱとも仲良くなり、ほぼ毎週三人でカラオケでONE OK ROCK《ワンオクロック》の歌を歌い、暴れ倒していた友達だ。

スマホは持っていたことが幸いだった。すぐさま電話をかける。

（たんぽー、お願い、電話出て……！）

「もしもーし」

「たんぽー！　今電話大丈夫⁉」

「今、嫁と出かけとるんやけど、どうした?」

「休みの日にごめん!　ちょっと今パニックになってて、トイレの自動洗浄を今すぐ止めたいの!　どうしたらいいの?」

「え、何?　どういうこと?」

「えっとっ……!　実は今妊娠してて、でも流産で!　出血したら出てきたやつをラップに包んで病院に持っていかなあかんのやけどね、トイレ立ったら自動で流れるやんか。だから今トイレから動けんくて!」

もうほんとに、ちゃんと説明できたのか分からない。

「まさみさん、ほりちゃんは?」

「ぱぱ仕事でおらんねん……」

「んー、ちょっと待って。トイレのメーカーとか品番分かる?」

「え!　リ、リクシルやけど、品番?　品番ってどこ見たらいいの?」

「ちょっと調べるわ。一回電話切るし、待ってて!」

「うん!　ごめん!」

今、たんぽーは必死で調べてくれている。どうしよう。本当にどうしよう。もう諦めて流してしまうか。ボコッとした音は出血じゃなくて膣からの空気だったかもしれない。内容物である保証はない。自分も調べながらパニックを落ち着かせようとしていた。ほんの十分ほどだったんだろう。それでも長く感じてしまって。たんぽーから電話がかかってきた。

「はーい」

なんかパニックで気持ちが疲れていた。どんよりした声がトイレに響いた。

「思ったんやけどさ、電源切ったらいいんじゃね？」

「!?」

衝撃だった。青天の霹靂だ。トイレの電源切ったらいいんだ。

「なるほどね！　でも、どこで切るの…？」

電源を切るところを探すために立ち上がれば洗浄される。もう諦めようかな。自動洗浄で、持ってくるのは無理でしたって先生に言おう。もう、しかたない。今どきの便利な文明の落とし穴だ。必死に探してくれたたんぽーに申し訳ないけれど、内容物である保証はないから、流した。

いきさつを伝えようと病院へ電話した。土曜日で産婦人科の先生が不在で、明日ならいるとのことだったので、翌日曜日に、受診した。

当直はいつもの先生ではなくて、別の若い女医だった。診察台に座り、膣に器具を入れられると同時に、ゴボッと出てきたのを感じた。

「あ！　堀井さん、今出てきた。残ってたの綺麗に出てきたよ」

ホッとして、こんな時だけれど表情が緩んだのが分かった。トイレで流したのは赤ちゃんや内容物じゃなかった。よかった。喘息で延ばし延ばしにしていただけで、初期すぎて赤ちゃんの姿も見えなかったけれど、しっかりお別れができた気がした。

二〇一八年十一月二十五日、私は流産した。

子宮収縮剤を飲み始めると、子宮が痛くなる。初期でも、こんなに痛いのか……。三日間休んだあと仕事に戻ったけれど、窓口対応中に痛くなり、立つのもしんどくなって唸ってしまった。住民さんに心配させた。申し訳ない。

命とは何だろう。心臓が止まれば、それはすなわち〝死〟を表すだろう。では〝心臓〟が動き出したら、心拍が確認できたら、それは〝生〟なのではないか。徐脈だけれど、確実に〝動いていた〟なら、〝生きていた〟ということなのではないか。お腹の中から、命は始まっている。

漫画か何かの受け売りなのだが、流産した子には、「上手に空に帰れるように」『翼』と名付けた。

天使の母　想い共に　ひとりじゃない

流産をきっかけに、やりたいことがおりてきた。
「流産や死産経験者が集まる場所を地元で作りたい。
（そのために動き出すのは）今やな」
お風呂に浸かりながら、ふと思った。

私は赤ちゃんのことを話したかった。
可愛かった。名前は顔を見て決めて、「悠生」とつけた。まだ二十週と六日。髪の毛は生えてなかったけど、眉毛は生えていた。陣痛、めっちゃ痛かった。まだ産むには早いから一分でも一秒でもお腹の中に留まらせたいためか、赤ちゃんが出そうな感じでもいきんだらだめだと言われた。でも安産だった。二十四時間張り止めの点滴をしていたので、なんとか数日もちこたえただけで、私の体は安産だった。そんな話。

死産してから一年後、妊娠が分かる前に、奈良で開催された、流産死産経験者で作る「ポコズママの会」という当事者のお話会に参加させてもらった。一人ずつ、順番に自分のストーリーを話していく。

「今日、福井県から参加させてもらってます。私は一年前の三月に、妊娠六か月で死産しました。はっきり理由は分からないけれど、多分、子宮内感染で、赤ちゃんが出てきちゃったかんじです……。お腹の中で亡くなったわけではないんだけれど、六か月で陣痛が来て、出てきちゃって……。でもその週数では肺機能ができてないから、お腹から出てきても生きていけなくて。生まれてくると同時に亡くなったというか……。でも子どものことは可愛くて、ずっと、ずっと子どものこと、話したかったんです。本当親ばかみたいに、〝めっちゃ可愛い〟〝めっちゃ陣痛痛い〟〝めっちゃ叫んだ〟って普通に言いたくて。泣いちゃうけど、でも私の子だって、ほかの生きて生まれてきた赤ちゃんと同じくらい可愛いって言いたくて。私が、亡くなっても赤ちゃんのことを楽しく話したいって友人に言っても理解してもらえなくて、みんなが腫れ物に触るみたいに接してくるのも辛くて……」

本当に言いたいことがありすぎて、泣きすぎて、何一つうまく言えない。言っていることも、めちゃくちゃだったかもしれない。楽しく話したいなんて、私はおかしいのかもしれない。けれどお話会には、意外にも私みたいな人がいたのだ。

だって、亡くなったからって、可愛くなくなるわけじゃない。

亡くなったって、大切な我が子に変わりはない。

赤ちゃんにおっぱいをあげ、ミルクをあげ、おむつを替え、抱っこして、寝不足に疲れて……人並みに悩んで育てていく未来はもうないけれど、存在していた事実は変わらないし、なかったことになんかできるわけがない。

正直、お話会ではもっとしゃべりたくて時間が足りなかった。

死産した我が子のことを楽しく話したいって、思っていたのは私だけじゃなかった。

自己紹介の時からみんな泣き通し。人の話でも泣く。自分の話でも泣く。

十年以上経っても泣いてしまう人を見て、「一年しか経ってない私はもっと泣いてもいいよね」って思ったら、安心して泣けた。それは、ほかの人も同じだった。もっと時間があれば、子どもの話を、全員がちゃんとできてたのになあって思う。泣いて笑って、本当に有意義な時間だった。

次に会った時には楽しく子どもの話できそうだなあ。

みんな思ってること、やってることが一緒すぎて笑った。


悲しみは消えない。一生、共に寄り添い、あるもの。

悲しみは形を変えて生涯残る。

火葬の時は、ただただ嫌だった。悲しすぎた。

そのあとは死んだほうがマシだと思った。

どうして私がこんな目に遭うんだろうって、怒りがあった。

けれど今では、六か月共に過ごした息子に、ただただ感謝しかない。

いろいろ言われるかもしれないけれど、子どものことは想えばいい。親が子どものことを想わなかったら誰が想うの。誰が考えるの。母親が一番想ってあげないと。

あとね、パパも泣いていいんだよ。男の人だって、泣いていい。泣いたら奥さんもきっと癒されるんだよ。

お互いに感情を吐き出して、共有できたほうが回復は早い。

私がレインボーベビーを妊娠中、ぱぱがお腹を触ってくれなかったのも、彼なりに死産がトラウマになっていたからで、二十一週に入ってから触ろうと決めていたらしい。そのことは、のちにたんぽーからこっそり聞いた。私には言えなかったことを、友達には言っていた。言ってくれなきゃわかんないよ。言ってほしかったけれど、私を不安にさせないための彼なりの配慮だったんだと思う。

お話会では初めから涙なしには語れなかったけれど、今まで我が子自慢ができなかった私にとっては、たった一回の参加で心は洗われた。救われた。もっと早くにお話会を知りたかった。

私がそうやって浄化されたように、地元でも、お話会を開いていこうと思った。それが二〇一八年の十二月。翼が空に帰ったからだ。一度だけお話会に参加したけれど、自分で開催するということは別問題だ。どうやってするんだろう。何に注意しなければいけないんだろう。考えなければ。会の名前は？　どうやって始める？　まずは、福井県にお話会ができたことを、福井県内の人に知ってもらわなければ。知ってもらわないと申し込みなんか絶対に来ない。周知したとして、需要はあるんだろうか。申し込みなんか、ずっとないかもしれない。

でも！　亡くなった赤ちゃんのことを話したいと思っていたのは、私だけじゃなかった！　奈良でのお話会が、それを教えてくれた。初めから参加の申し込みがあることは期待しない。まずは一年かけて、周知していこう。知ってもらおう。お話できる場所の存在を、一年かけて伝えていこう。申し込みがゼロ件でもいい。やるんだ。

チラシを作って配布することを考えた。おおい町で開催された雪灯籠のポスターには小人や雪が描かれていて、ふわふわと可愛くて、こんなデザインがいいなあって思っていた。社会人になってから参加した県の事業を通じて知り合ったデザイナーの魚見さんに相談してみた。私より十歳くらい年上の、ミニモニに入れるくらいとても小柄で、話すときに息の量が多めのふわふわした人だ。過去にどんなのを作ったことがあるか聞いてみると、なんとその雪灯籠のポスターは自分がやったのだという。イメージにぴったりだ！　絶対魚見さんにお願いしたい！　私はこの人のデザインが好きだ。作品に惚れるとは、こういうことを言うんだ。

お話会の場所は、公民館など公共の施設を借りよう。候補場所を考えて、立地条件と、レンタル料と。考えていこう。全部見学に行くんだ。

お話会の頻度は、月一回で考える。日程と場所だけ押さえて、参加者がいるときだけ開催する。

東アジアグリーフの集い

お話会はボランティアだけれど、仕事を辞めたあとにサロンを開きたいとも考えていた。〝生まれてきた子どもを守るためのサロン〟。私の人生の中で一番と言っていいほど衝撃的だった、さなさんが教えてくれた〝子どもを守ろうと思うなら親を守らなあかん〟という考え方。私にとってはそれが正解で、それを正解にしていくサロンをしたかった。私は二度子どもを失ったから、せっかく授かって生まれてきた命を大事にできる場所を作りたかった。守りたいのは子どもだけれど、その子どもを育てていくのは、関わっていくのは親だから。親が例えば産後などで心や体に不具合が生じたとき、健全な子育てができるかといえば、できないだろう。

子どもに、笑顔で、ゆとりをもって接してほしい。子どものために、親へのアプローチをしたい。

結婚式を挙げる頃、私は激しい頭痛に悩まされていた。事務仕事で一日の大半を座ってパソコンに向かって過ごし、肩こりや腰痛なんか当たり前で、毎日自分で頭や肩をもんだり叩いたりしていた。整体に通い、気がつけばそれらの症状はなくなっていたけれど、頭が割れそうに痛すぎて、夜中に二十四時間やっているマッサージ店へ駆け込んだこともある。あんな状態で子育てができるかと言われたら、正直無理な話だ。親だからってどんな痛みにも耐えて子どもと接することができるわけじゃない。親が元気じゃないといけないんだ、健全な子育てをするために。

だから子育てママのための整体サロンを開きたかった。開業を選んだ。

二月には有給を取り、資格取得のための宿泊セミナーに参加した。そこで知り合った同期の淡海さん。私より二つくらい年上の、ショートカットの明るい女性だ。実家は海鮮のお食事処を営んでいるらしい。

セミナーの合間に死産の話になった。その話題になったのは本当に突然。なんでいきなりこんな話になったんだろう？　夜には淡海さんの部屋へお邪魔した。淡海さんも、今は三人の娘がいるけれど、八か月での死産を経験していた。

子どもの話をしたかったこと。

「ポコズママの会」のお話会に参加したことがあること。

気がつけば二人してぼろぼろと涙をこぼし、顔がくしゃくしゃになっていた。一人で泣いていた時とは違う。そのホテルの一室は、すでにお話会のようになっていた。参加者、二名。悲しく、愛おしく、嬉しい時間。子どもを亡くした親が子どものことについて話す時間は、本当にいろいろな感情が湧き上がる。


サロンと同時に小浜でお話会をやっていきたいと考えていることを話した。会の名前をどうしようかと。淡海さんも一緒に考えてくれた。

「まさみちゃん、『ポコズママ』さんと一緒にさせてもらったら？」

「え⁉」

そんな発想はなかった。

「小浜で小さな会をやるより、『ポコズ』のほうがみんな絶対たどり着くよ！　今、スマホでなんでも検索できる時代やもん」

「ポコズママの会」さんに相談に乗ってもらいたいと考えていたけれど、〝一緒にやる〟。それは考えていなかった。「ポコズママの会」さんに相談しよう！　もし一緒にやることが無理でも、ノウハウだけでも学ばせてほしい。

ひとりでやろうと決めたことだったから、相談相手もいなかった。初めての試みに分からないことだらけだけど、これでいいのか？　考えのたりないところはないか？　自分なりにたくさん考えた。死産してから一年後に行った奈良でのお話会が、二〇一九年の三月にも同じ場所で行われることをSNSで知った。お話会としてだけれど、それよりもお話会を開催する側として相談に乗ってほしい。どんなことに気をつけなければならないか？　何を考えたらいいか？　分からないから相談に乗ってほしくて、すぐに申し込んだ。申し込みに迷わなかった理由がある。そのお話会は、三月三日だったのだ。私と悠生の誕生日。なんだか見守られている気がした。

淡海さんから助言をいただいて、三月三日に相談をしに奈良へと出発した。三年前と同じ話をした。一度の参加でだいぶ浄化されていたけれど、やっぱりまだまだ泣ける。命日だから、なおさらだね。

お話会のあとに、事務局である関西代表の大竹さんにお声かけいただいた。福井でもお話会をしたいこと。ご一緒させていただけるか。ただ、一つ気がかりだったことがある。私には地上に子どもがいる。それでもいいのだろうか。それも聞いてすっきりさせておかないと。

「死産のあとに生まれた子どもがいます。それでもこういうことをやっていいんでしょうか」

「斉未ちゃんにしかできんことがある！」

そう言ってくれた大竹さんの言葉は強かったんだ。受け入れてもらえて嬉しかった。大竹さんは関西代表。大元の代表の加藤さんは今日ここにはいない。けれど、大竹さんが加藤さんに話をしていてくれた。加藤さんからの許可も下りた。

三月三日、福井代表として活動させていただけることになった。

これからは、サロンと「ポコズママの会」をやっていく。そう決めて、たくさんの人の力を借りて、私は八年勤めた職場を退職した。

二〇一九年には五月から毎月一回、お話会を開催できる場所を確保し、こんな場所ができたことを知ってもらうことを告知するための一年をスタートさせた。

びっくりすることに、第一回目開催のときから申し込みがあったのだ。告知してすぐのことだった。

必要としている人がいるのだと実感した。一歩踏み出したら反響があった。

小さな赤ちゃんとお別れしたお母さんたちを孤独にさせたくなかった。
動き出してからは、奇跡の連続だった。

私が三月で役場を辞め、サロンと流産死産をされた方のお話会をやっていくという噂を聞きつけた同級生の柴ちゃんからの電話が鳴る。この柴ちゃんも、県の事業を通じて知り合った。同じ高校だったけれど、学生時代は交流はなく、社会人になってから仲良くなった。柴ちゃんは賢いけれど冗談も通じるような、とても気さくなタイプだ。賢くない私でも話しかけやすい。

「流産・死産のほうはボランティアでしょ？　福井新聞の記者の知り合いいるから、ネタの提供してみようか？」

自身の人脈の広さをひけらかすわけでもなく、協力して当然というように提案してくれる。

「まじで？　いいの？　お願いしたい！」

「記者の人に斉未ちゃんの連絡先教えとくね。その人から、連絡来ると思う」

「分かった！　ありがとう！」

この会の存在を知ってもらうためにチラシ配布を考えて準備をしていたけれど、新聞ならばたくさんの人に見てもらえる！　そうか、そういう手もあるんだ！　人と関わることで新たな世界も見えてくる。

柴ちゃんからのご縁で、新聞掲載もお世話になった。


四月二十四日の社会面に取材記事が掲載されるとのことだった。

当日の朝、息子を保育園へ送ると、

「堀井さん、新聞見たよ！　すごいことやるんやなぁ！」

と、一番にご近所の橋詰さんが声をかけてくれた。

「ありがとうございます。私、まだ新聞見てなくて。あとで買いに行きますわぁ」

先生に息子を引き渡し、私はすぐさまコンビニへ向かい、福井新聞を購入した。

（どんなふうに載ってるんだろう？）

そわそわしながら車内で新聞紙を広げる。

「でっか！　はっ⁉」

私は大きな独り言を叫び、その目を本当に大きく見開いた。まだ納品されていないチラシの原案を持って格好つけた自分の記事が、一ページの半分を超える大きさで掲載されていた。

「社会面に大きく載るとは聞いていたけれど、たかが一般人の自分のやるのなんてせいぜいスマホサイズくらいかと思ってたのに……。ほんまにでかいやん」

子どもを亡くした母親のための場所が福井県にもできたことを掲載していただいたことで、テレビ局からも取材していただけることになった。柴ちゃんから福井新聞へ、そしてテレビ局へと、バトンが渡されていったのだ。

福井新聞の記事を見た方からは、感謝や激励のメールなどが届いた。初めはメールを見るのが怖かった。

〝今までタブー視してきていた流産や死産のことを、こんなに公にしてんじゃねぇよ！〟なんてクレームが来るかもしれないと、ネガティブに捉えていたからだ。けれどそんなメールは一通も来なかった。

〈第十三回東アジアグリーフの集いをご存じでしょうか？　原因不明の脳性まひや染色体異常で子どもを亡くされた当事者や、専門の医療職の方との交流も兼ねています。亡くし方が違うので、お声かけしていいのか悩んだのですが。今年は十一月に金沢で行われますが、いかがでしょうか。〉

といったメールをくれたのは、原因不明の脳性まひや染色体異常で子どもを亡くされた親の「ハートシェアの会（※現在活動休止中）」の方だ。一気に人とのつながりが増えた。

「グリーフ」という言葉すら私は馴染みがなかった。「ポコズママの会」福井代表として認めてもらえたときに、加藤代表から、

「グリーフについて少しかじっておくとよいです」とアドバイスをいただき、書籍を少し読んだ程度だ。グリーフとは、親や子ども、配偶者など死別による深い悲しみのことを言う。

グリーフの集いは、日帰りもできるけれど、一泊二日で申し込んだ。金沢なら、高速を使えば二時間程度で着く。一人で知らない土地へ行くのは不安もあるけれど、「行かなければならない」。義務ではなく使命のように感じた。

集いは、石川県立中央病院の研修室で開催された。私の受付番号は三十三だった。見守られている数字だ。参加者は五十五名。双子を見送った母や支援者の立場である看護師の想いを聴き、グループに分かれて自身のグリーフを話し、他者のグリーフを聴いた。たくさんの人が涙していた。夕方には懇親会も開催されて、三十名が参加した。
「どちらから参加されてるんですか？」
私は近くの人に聞きまくっていた。

「私、鹿児島からなのよ」

「か、鹿児島⁉　九州から北陸までお疲れ様です。当事者の方だったりします？」

「私、産婦人科医で」

ニコニコと微笑みながら話す右隣の席の女性は、ものすごく柔らかく落ち着いてて、とても知的な雰囲気を漂わす。私と同世代に見えた。

「すごいですね」

「あなたは？　聞いてもいいですか」

「私は医療職ではないんですけど、当事者です。今は福井でお話会を始めたばかりで」

「素敵ですね。この場に来られる方ってすごいですよ」


左隣の紳士も小児科医で、斜め前の男性も小児歯科医だった。

（え、このテーブル医者ばっかり？　当事者私だけか？）

なんだか肩身が狭くなってきた。

途中から参加された男性には、

「お医者さんですか？」と私から聞いてしまった。

お医者さんだった。

「なんか私、場違いな気がしてきました」

ひとり心がざわざわとしていた。

「あはは！　そんなん思わなくていいのよ。ここは医療職と当事者が集まる場所なんだから」

産婦人科医、小児科医、小児歯科医、理学療法士など、聞くからに優秀そうな人たちの中に、高校生の頃数学で一一点なんか取ったことのある私がポツンと置かれたかんじだ。けれど私は、頭のいい医療スタッフではなく、当事者として必要とされる場を提供してきた。自信を持とう。私は医者になりたい人ではないから。

懇親会は堅苦しいわけじゃなくて、お酒ありきの楽しいパーティーだった。

左隣に座った小児科医は、

「この国にもやっとグリーフケアが広がってきているけれど、まだまだだ。グリーフケアでこの国を変えていく」

希望にあふれた未来を見てそう言った。口だけじゃない、本当に国を変えていく力のある人たちだ。

ある程度交流したあとは、懇親会に参加した三十名の前で自己紹介をする。医療職ばかりの中に、あほな私……。

「福井から来ました、堀井斉未です！　私は四年前に二十週で死産しました。これっていう原因は分からないけれど、多分感染……だったんだと思います。陣痛が来て、三日耐えたけど赤ちゃんが出てきました。周りには死産を経験した人がいなくて、本当はいたんだろうけどみんな言わないから知らなくて。でも私は赤ちゃんが可愛かったこととか、陣痛こんな感じだったとか、子どもの名前とか、性別とか、いっぱい話したかった。周りの腫れ物に触るような目とかが辛くて、言いたいことが言えなかったんです」

大勢の前で涙が止まらなくなってしまった。鼻をすすりながらも、ちゃんと言おう、ここで伝えようって心だけはしっかりもって。誰も話を遮らない。最後まで聴いてくれる。

「死産して一年後に、奈良でお話会があるのを知りました。子どものことを話したくて話したくて、そのためだけに、福井から奈良まで行きました。私みたいな人がいっぱいいて、子どもの話をしたいのは私だけじゃないんだって、ひとりじゃないんだって、めちゃくちゃ救われて。去年には初期流産をして、地元でも、もし私みたいな人がいるなら……って思って、今年の春からお話会を始めました。いろんな人のご縁があって、つながって、今ここに参加させてもらってます！」

さっき隣の席だった小児科医が、

「おう！　ひとりじゃないからな！　ここにこんなに仲間がおるからな！」

大きな声で言ってくれた。

ぼろぼろと出てくる涙を堪えようとはもう思わない。感情丸出しでもいい。

「はい！」

三十歳の大人が、必死になって発した「はい！」だ。

この「第十三回東アジアグリーフの集い」での出会いも、本当に衝撃的だった。小さな命と向き合い、この国を変えていくと言った小児科や産婦人科の先生たち、助産師さん、経験者の方たち。医療従事者の方と当事者をつなぐ架け橋となった場所だった。

光栄な場所に参加させていただけた。集いは両日ともにいいお天気で、帰りは高速をさわやかに走り抜けて帰路へついた。天気と心が同じくらい晴れやかで、帰りにも涙を潤ませた。

柴ちゃんがいいほうへと導いてくれた。

こんなふうに、「ひとりじゃないぞ」と言って、たくさん背中を押してもらった。応援してくれる人ができた。

あんなに孤独で、一人で動き出した私。でも、どんどん応援してくれる人が増えて、道を照らしてくれる人がいて、背中を押してくれる人がいて。どんどん孤独じゃなくなったの。

嬉しい涙が続いた日々だった。
悠生と翼が出会わせてくれた人たちだと思った。

自分を生きるということ

不定期ながらも開催したお話会では、まずは私から自己紹介と経験談をあわせて話すことにした。今まで何度も話してきたことを、何度でも話す。涙が溢れる時間だ。
そして亡くなった週数も、回数も、誰一人として同じではない。初期流産や死産を何度も繰り返してきた人もいる。生まれてすぐに亡くなった赤ちゃんもいる。不妊治療の末に亡くす人もいる。言葉が詰まってうまく言えない。そんなの当たり前だ。自分の話をする前に、誰かの話を聴いていても泣いてしまう。でも、我慢しなくていい場所だ。私が死産してからずっと求めていた、安心して我が子の話ができる場所。

亡くすことも辛いけれど、妊娠も出産もいろいろある。亡くしたことだけではなくて、誰とも共有できない、共感してくれる人がいない孤独も、親をさらに追い詰めていた。〝人に話す〟ということはどれだけ心を癒すか。

「なんで望んでもない人が簡単に妊娠してさ！　中絶したり、虐待したり、なんでそんな人のところに赤ちゃんが来て産めるのに私は産めないんだろうって」

「うん、うん」

望まない流産や死産、死別を経験する私たちとは反対に、望まない妊娠で中絶を選ぶ人も大勢いる。肺炎や癌で亡くなる人より、中絶により絶たれる命のほうが断然多いらしい。いらないなら避妊すればいいじゃない。〝作らないこと〟はできるじゃない。

「子どもが親を選ぶなんて言葉も大っ嫌い！　じゃあ不妊の人はなんなの？　選ばれてないってことなの？」

「わかる、わかるよ」

そう心から頷いてくれる人がいることで、心が救われる。命だって救われる。侮ってはいけない。ひとりじゃないことは、強さになる。

泣いてばかりでもない。亡くなった子どもの話をするのに、笑い声も聞こえるんだ。

「うちの子、眉毛生えてたのに髪の毛生えてなかった。私元々眉毛濃いから遺伝かも！」

なんてふざけてネタにするところもあったり。悲しいから泣いちゃうけど、笑って話すこともできる。「こんな可愛い子！」と、そこでは、ただただ愛おしい我が子の自慢話ができている。その場では、赤ちゃんの存在が確かにあって、生きている。この部屋に、みんなの赤ちゃんがこっそり空から来ている気がする。

二〇二一年八月に「ポコズママの会」を卒業した。現在は「天使の母の会福井」として、お話会の開催をしている。また、流産や死産などで早く生まれてきた赤ちゃんに贈る、新生児より小さなサイズのベビー服やベビーシューズなどを、県内の医療機関へ提供している。

ぶかぶかじゃない、小さなベビー服を着させてあげられることが、ご家族にとって小さな喜びになるといいなと思う。

死産するまでは、自分の人生を生きることができない性格だった。他者ありきで、私は不幸だとか幸せだとか考える癖がついていた。

生まれてから亡くすよりは、生まれる前のほうがマシ。

予定日付近で亡くすよりは、二十週のほうがマシ。

二十週で亡くすよりは、九週とかのほうがマシ。

後になればなるほど辛いものだと考えていたけれど、二十週で死産し、孤独で、子どもの後を追いたいと自殺未遂を繰り返したあの頃を、「そうか、予定日付近で亡くす人よりはマシか」とはもう思えなかった。

違うんだ。どれも。

比べてマシだとか不幸だとか幸福だとか思うものじゃない。

思い出があるからこそ辛いと感じる人もいれば、

思い出がないから辛いと感じる人もいるだろう。

どんな週数で亡くそうが、人によって感じ方は違うから、比べることに意味なんかない。

私は辛かった。寂しかった。悲しかった。その気持ちを大事にしようと思えるようになった。

「自分」の人生を生きるとはこういうことだと思った。

自分のありのままの気持ちを大事にできるようになってから、私じゃない誰かの気持ちも大事にできるようになった。

いろんな事情で人工妊娠中絶を選択した人も、その人にしか分からない事情があるんだろうと思えるようになった。自分で選択したからこその苦しみがあるんだろうと。

二十週での死産と、十週での流産は、私に大切なことを教えてくれた。

亡くなった赤ちゃんとの思い出を残す

お話会をさせていただいて、お話を聞くうちに分かってきたことがある。

それは火葬までの濃密な時間を赤ちゃんと過ごせなかったママたちの、後悔の深さ。そこで、限られた時間を赤ちゃんと濃密に過ごしてほしいという想いをもつようになった。

今までは、引きずってしまうから赤ちゃんの思い出を残してはいけないような風潮もあったけれども、実は逆。赤ちゃんとご家族をしっかり会わせてあげましょうと、ケアが進んでいる。もちろん強制ではないけれども、「思い出は残していい」という選択肢を、ご家族に手渡してあげてほしい。周りの方も、それを知ってほしい。ママやご家族さんが希望されたら、思い出を残していいんですよ。生まれてきた赤ちゃんにしてあげたかったことをしてあげてほしい。

例えば…

●赤ちゃんと共に過ごし、思い出を残す

・ご家族も一緒に過ごす（パパ・ママはもちろん、祖父や祖母、お兄ちゃんお姉ちゃんも）
・できる限り抱っこをする
・キスをする
・手をつなぐ
・赤ちゃんのそばにいる
・赤ちゃんの横で寝る
・子守歌を歌う
・写真や動画を撮る
・赤ちゃんへお手紙を書く
・アルバムを作る
・エコー写真を残す
・母子手帳を残す（身長や体重などを記入してもらう）
・ママと赤ちゃんをつないでいたへその緒を残す

・髪の毛を切ってあげる
・爪を切ってあげる
・手形を残す
・足形を残す

生まれてきた赤ちゃんにしてあげたかったことはなんですか？
赤ちゃんにしてあげたかったことを、亡くなっていても、してあげたらいいと思う。「縁起の悪いことだから」と、赤ちゃんを避けなくていいこと。大切な時間が大切な時間のままであるように、後悔のないように、思い出を残していいことを、当たり前に知られてほしい。

私は今、妊活セラピストとして、栄養改善や、施術による血流改善をサポートし、〝授かれる体〟を目指す妊活プロデュースと、「天使ママのお話会」を行っている。私なりにいろいろあった人生だけど、全部が強みになっている。何も無駄じゃない。すべてが生きる。おかげで今がある。失うことは悲しいけれど、豊かだ。すべてこのために出会い、失ったのだと思う。

亡くしたくて亡くしたわけじゃない。けれど、それがなかったら出会えなかった人や、気づかなかった人の想いがある。子どもがつないでくれた大切なご縁がある。

悲しくて、孤独で、寂しくて、行き場のなかった想いも、今は人に寄り添えるように、共に生きていく。

とても大切な、悲しいけれど愛おしい、悠生と翼の物語。

I am happy to have you.
Live with sadness.
Always together.
Thank you for my beloved babies YUKI and TSUBASA.

二〇一五年　三月三日
二〇一八年　十一月二十五日

あとがき

最後まで読んでいただいてありがとうございました！

過去の自分のＳＮＳや日記、エコー写真のアルバムを読み返し、泣きながら綴りました。

死産したことも辛かったけれど、それ以上に、我が子のことを想ってはいけないと遠回しに言われたことが絶望でした。

お話会に参加して、グリーフケアを学んで、
想ってもいい、忘れなくていいんだって分かってから心が救われて、

「あぁ。私大事な我が子のことを想うのが許されないことが辛かったんだ……」って、

五年経ってから分かりました。
「好きなだけ想っていい」って許されることは、幸せなんだと。

きっと誰も私を責めたくて言ってくる人はいなくて、みんなが言いたいことって本当は「あとを追うな」だと思うんです。それから派生して、言い方が変わって「思うな」「忘れろ」っていう言い方になっちゃうんですよね。

死産した悲しさや寂しさとともに、我が子に会えた嬉しさがあったのも事実です。
私はあの子のことが大好きで。
死産でもいい。また親子になりたい。

悲しいけれど悲しいだけじゃないよ。

あの子が確かに私のお腹の中で生きていたという、変わらない事実があります。

思い出を残してもいいし、想いたいだけ想っていいんだよ。

私は義母の助言がなければ何も残せなかっただろうと思います。死産後のときは無知で、思い出を残すなんて発想がまずなかったから。

今では、悠生もずっと大切な家族の一員として、ダイニングに写真を飾っています。写真や手形があってよかったと本当に思っています。義母、ありがとう。おかげで後悔なく生きることができます。

思い出を残せなかったママも、赤ちゃんを大切に想っていたその気持ちを大切にしてください。妊娠検査薬で陽性反応が出たときの嬉しい気持ちや、お腹を優しく撫で、危険から守ろうとし、愛でていたこと。赤ちゃんへの想いや行動の一つ一つが、あなただけの赤ちゃんへの愛だと思うから。

赤ちゃんとお別れしてから何年経っていようと、赤ちゃんにお手紙を書いたりしてもいいからね。

子どもを亡くしてから、私は幸せになりました。
些細なことで感謝と喜びを感じるようになりました。
朝起きたら、息をしていて、あったかくて、体温がある息子がいること。
心臓が、動いていること。
空が青いこと。
川に太陽が反射していて眩しいこと。
鳥がずーっと鳴いていること。
雨上がりに虹が出ること。
秋の紅葉に目を奪われること。
星がきれいなこと。
ごはんがおいしいこと。
目の前に、息をして、遊んだり飛んだり跳ねたり歌ったり踊ったり、どんぐりを鼻に入れて泣いたり、動いている子どもがいること。

手を繋いで散歩ができること。

今日の学校での出来事を、言葉を繋いで伝えてくれること。

どれも当たり前の景色ではなかった。

空へ帰った私の子どもは息をしていなかったし、動いていませんでした。

死産してからはささいなことで心が動き、感動できるようになりました。

いつも支えてくれるぱぱと、何気ない日常を送れる、その中に幸せがたくさん詰まっている。

子どもに生かされている。

ここまで幸せを敏感に感じられるようになったのは、間違いなく悠生と翼がいたからです。

お空に帰った天使たちには天使たちの使命があります。

小さな命が大きな使命をもって、お腹の中にやってきてくれました。

きっと私を幸せにするために来てくれたんだと思っています。

できるだけ私はそれを感じ取って、天使ママや赤ちゃんを待つ女性のために、自分の命を使おうと決めました。

今、子どもを亡くされて悲しくて辛い想いを抱えているママへ。
大切な赤ちゃんのこと、話せる場所があります。
亡くしたいのちでさえも大切にできる場所を、私は作ります。

私のお話が、誰かの心に灯りますように。

二〇二四年三月

著者プロフィール

堀井 斉未（ほりい まさみ）

1989年生まれ。福井県出身、在住。

若狭高校を経て、神戸女子短期大学、関西福祉科学大学を卒業後、おおい町役場へ就職。自身の死産や妊活、流産を機に退職し、福井県内で流産や死産をされた方の自助グループの運営を始めると同時に、アイ・セラピスト専門学院にてセラピストの資格を取得。妊活女子のための栄養改善、血流改善、メンタルケアをする女性とベビーのための複合サロン「Camael」をオープンした。また、災害大国の日本で産まれてきた子どもたちを守れるよう、防災士資格を取得。

現在、流産や死産をされた方の相談窓口「天使の母の会福井」代表、妊活×防災 女性とベビーのための複合サロン「Camael」代表。

著書：『妊娠したら普通に生めると思ってました』（ウェルス出版、2021年、Kindle版）
※本書は、上記Kindle版をもとに加筆修正を加え、新たに刊行するものです。

著者HP

妊娠したら普通に産めると思ってました

2024年5月15日　初版第1刷発行

著　者　堀井 斉未
発行者　瓜谷 綱延
発行所　株式会社文芸社
〒160-0022　東京都新宿区新宿1－10－1
電話　03-5369-3060（代表）
03-5369-2299（販売）

印刷所　図書印刷株式会社

ISBN978-4-286-25327-5